チベッタン・ジグ

―足まかせで擦れ合う異文化―

渦《カ》汰《タ》表《リスト》

風詠社

目次

――ナオミとコハルに

『チベッタン・ジグ』前書

　1985年という年のチベット情勢は、表面的には落着いていた。ダライ・ラマが人民解放軍に追われるようにして、ヒマラヤを越えて命からがら北インドに亡命を強いられたのが1959年（平和そのものだった当時のチベットの状況は、ハインリヒ・ハラー『セブン・イヤーズ・イン・チベット』に詳細に描き出されている）なので、それから26年たち、膠着状態がチベット人たちの立ち上がる意欲をいくぶんか削いでいたような時代だった。近年のように、中国政府の血も涙もない同化政策、猛烈な漢化政策に抗議して僧侶たちが立て続けに焼身自殺を遂げる、といった忌まわしい事態もなく、まだダライ・ラマ――数年後にはノーベル平和賞を受賞することになる――がいずれは問題を解決してくれる、という希望を多くの人が抱いていた時代でもあった。

　外国人を目撃するのは生れて初めてという人たちばかりで、常に好奇の目にさらされはしたものの、チベット人も移住してきた漢人もおしなべてみな親切で、公安当局とのトラブルを警戒しなければならないような雰囲気は全くなかった。

中国政府が一時的に個人旅行者に対してチベット旅行を解禁した――そのための設備ほかが整備されたわけでも何でもないので、正確には「黙認した」というところ――時期はごく限られており、数年前あるいは数年後に同じルートを勝手にヒッチハイクで進んだ場合には、間違いなく公安当局に通報され拘留されてお咎めを受けていただろう。私と連れのアナマリアのように、にっちもさっちもいかなくなって人民解放軍辺境警備隊の駐屯地まで出向き、次の村までジープで送ってくれないかなどと泣きついたことが、今ではとうてい信じられない。「日中友好」という錦の御旗がまだあちこちでモノを言ってくれた時代だったのだ。思えば、ほとんど半死半生ではあったものの、私個人にとっては自由に気ままな旅のできた、奇跡的な時代だったかと思う。

ただ、当時から中国政府は、〝解放〟されたチベットは中国のてこ入れでずいぶん豊かになった、と喧伝していたが、私たちが通過した村は極貧状態のところも多く、中国政府の恩恵はまるで感じられなかった。中国政府の目的はチベット人の生活改善ではなく、例えば豊富な地下資源開発にあるのだな、としばしば実感させられたものだった。

余談だが、戦後このルートでチベットを横断した日本人個人旅行者は、私が初だった可能性がある。しばらく後で、政府の認可を得たフジテレビのキャラバン隊だったかが、ほぼ同じルートで横断した、という話は聞いている。その意味では希少な記録、と言っていいのかもしれない。

圧倒的な経済力をつけた中国政府が、経済一辺倒でチベット人の口を塞ぎ、漢人を大量に移住させてチベットを呑み込もうとしている現況を、私は強く強く非難する。政府は反抗的とみなしたチベット人やウイグル人を拘束して過酷な弾圧を加えたり〝再教育〟を施したりしているが、〝再教育〟されるべきは、人民の命や人権、文化どこ吹く風の共産党独裁政権の方だ。そんなことで民族自決の懇望が収まるはずはない。禍根はいつまでも後を引き、喉元に刺さった刺《とげ》として政府を悩ませることになるだろう。チベット民族に自由と独立を。せめて完全な自治を。

チベッタン・ジグ

一　始まり

「四〇キロ走り回ったのよ、自転車を借りて」と、がたがた揺れるバスのなかで彼女は自慢する。「そのかわり、ちょっと熱が出てきたけど」

昨日、四川省成都（チェンドゥ）の町じゅうを、ラサ行きの直行バスを探して歩き回ったあげく、直行バスはないという結論に達した。同じ宿に居合せた外人ツーリストたちに尋ねてみても、みんなラサへは民航機で行くというので、直行バスのことなんか知りはしない。おまけに一人だけ情報を持っていたスイス人は、次のような意気粗相させることを言うのだった。

—そういえば二ヵ月ほど前にフランス人のグループが、直行バスを見つけてラサに向かったのはいいけど、チベットに入る直前で解放軍の警備兵に追い返されたそうだ、と。一昨日、恐る恐る出頭してラサに入る許可証を交付してもらった公安局でも、ラサへの交通機関は飛行機しかない、もしあんたらが学術調査か何かでジープでもチャーターする、というのなら別だが、と言われたのだ。

成都の宿の節約旅行者向け大部屋で、隣合せのベッドになったこのドイツ人女性もラサをめざしているのを知って、なんとなくお互いを道連れにすることになった。このシンの強そうな（じっさいそのとおりであることがあとあと判明する）女性は、〈アナマリア〉という古典的な感じのする名前を持っていて、自分でも、これはおばあさんの時代の安易な名前で好きじゃない、だから〈アン〉と呼んでほしい、と要求する。〈アン〉というのだってアメリカ・ニュージャージー州の赤毛の女の子みたいで、安易な印象はたいして変わらない気がするが、と私見を述べたものの、それは口で説明できない語感の問題よ、と言うので彼女の希望を容れることにする。何か気に入らないことがあったときには、〈アナマリア〉と呼んでやろう。

彼女はベッドの上に、中華民国と韓国の存在しない巨大な中国製地図を広げて、僕たちの通るべきルートを指し示す。ものすごい山々のはざまを、ロング・アンド・ワインディングロードがうねっている。

「高山病で死ぬっていうようなことはないのかな」と、思わず怖じ気づいて難色を示すと彼女は、

「わたしはたとえチベットで死んでも、悔いはないわ」

僕はチベットで（もどこでも）死んだら悔いがあるので、そういう考えはあまりすてきじゃないな、と控えめに反対を表明する。

「大丈夫よ。なんてことないわよ」と彼女は言った。あとになって、なんてことないかどうか

をイヤというほど思い知ったように、彼女のこのおそるべき楽天主義のせいで、僕たちはいろんな目にあうことになるのだった。

で、とりあえず、地図に載っている成都から近い町、康定（カンディン）まで行ってみようということになって、ローカル・バスに乗りこむ。この日の午前中、こっちがラサまでに費やすだろう膨大な精力の温存をはかって、宿にごろごろしながら地図を眺めてため息をついたりしているときに、彼女は貸し自転車で成都近郊を駆けめぐっていた。独中対照ガイドブックを使って人に聞きまくり、杜甫の草堂といったものも見つけたという。いったい何てタフぶりか（そのおかげで今は微熱がでて、肝炎の心配をしているわけだが）。

バスのエンジンはアンガス・ヤングのギターみたいな音を立てるので、怒鳴りあわなくちゃ話もできず、それだけですっかりくたびれ果てる。バスはとても今世紀になって造られたとは思えないしろもので、その代り運転手の腕は凄そうだ。曇り止め装置もないフロント・ガラスやとうの昔に割れているバック・ミラー、石をぶつけられてひびのはいっているリア・ガラス、一五キロの地点に静止しているスピードメーターの針、こういった障害を全然気にせず、ひたすらクラクションを鳴らしてバク進する。鋭いハンドルさばきでもって、重い頭を左右に振りながら歩いている耕作ウシのわき腹をこするようにして走り抜けるときなど、心臓に悪いから、こっちははるか遠くを眺めるようにする。

峨眉山を遠くに望みながら、最初の小さい村、雅安（ガアン）に着いた。

手近の食堂に入ると、あっという間に人々が集まってくる。これほど熱心かつ無遠慮な好奇心をむきだしにする人々を、かつて見たことがない。まだ漢族がほとんどだが、独特の分厚い外套を着たチベット人も混じっている。彼らがやって来るのはむろん、漢族と見分けのつかない僕を珍しがってではなしに、連れのブロンドの髪のためだ。互いに口もきかずに、ただひたすらまじまじとその髪を見つめるので、最初はダイアナ妃のごとく愛想よく微笑んでいた彼女は、ついには癇癪を起して、これじゃモノも食べられないじゃないの！　あっち行ってよ！などと喚きだす。しまいには錯乱のあまり、行かないとここでうんこするわよ！などと口走りもする（ドイツ語の罵りコトバなんかむろん知らない。でも語調の激しさからして、大方こんな意味だろう）。

それでも、誰一人微動だにしない。それどころか、彼らとこっちのテーブルとの距離はじりじりと詰まってきて、とうとうテーブルは一センチの隙間もなく包囲されてしまった。僕は彼女に、中国のパンダが日本にやって来たときの動物園の状態と今のそれとの際立った類似性を話してやり、スターの宿命を説いた。すると彼女はこう言うのだった。

「もしあなたの顔が緑色で目玉が三つあったら、たぶん村中の人が出てきたでしょうよ」

ともあれ僕たちは、ラサに到るまで、つねにこういう状況に身を置くことになったのだ。

二—（一）　最初の問題

がたがたバスは休憩をはさんで走りつづけ、翌朝早朝、次の町康定に着いた。

ネギを浮かべたおかゆの朝飯を済ませるやいなや、アンは発案する。

「散歩に出かけましょう」

「午後にしたほうがよくはないかい」僕は気乗りがしない。「夜中を走り抜けてきて、くたびれてるんだからさ」

「だめだめ」彼女は譲らない。「午後になって出かけたら、また見世物みたいにぞろぞろ子供がついて来るじゃないの」

「でもなあ」

「一時間くらいぶらぶらして帰ってきてから、昼ご飯を食べて、夕方まで休めばいいのよ」

で、しぶしぶつきあうことにする。宿は町並みを少しはずれたところにあって、裏は切り立った焦げ茶色の崖だった。崖の向こうを見はるかすと緑なす丘、そのてっぺんに、小指の先くらいの大きさで白い塔みたいなものが見える。

「あすこまで行ってみましょう。きっと町が見下ろせるわ」

日差しは柔らかだった。成都の空気もわりにきれいだったが、ここへ来るとやっぱり違う。うすい空気が日差しをしんしんと素通りさせている。

すぐに動悸が激しくなるので、カタツムリみたいに歩む。あと少しで登りつめるというところで、塔はじつはもう一つ向こうの丘の上にあることがわかった。

「どうする？」

「ここまで来て引き返すって手はないでしょ」

丘を越えて塔の下にたどり着いたのは、ほとんど昼だった。

塔はチベッタン・スタイルの仏塔、チョルテンだった。ひどく新しくて、基礎などはまだ出来上がっていず石がむきだしになっている。足下は砂利のまんまだ。文革後の、少数民族の文化伝統の保護政策もどきで造られたばっかりなのだろう。ひょっとしたら、ここにあった古い塔が破壊されてしまった後に、再建されたものなのかもしれない。そろそろ僕たちは、チベット世界に入りつつある。

草深い丘を今度は反対側から下りようとすると、道がわからなくなった。連れは道もないところを、どんどん先に行ってしまう。

「だいじょぶよ、任しといて。わたしには地理勘があるの」

半時間後、僕たちは突如として断崖の縁で風に吹かれていた。振り返ると、草深い丘がえんえん続いている。もう彼女の考えはわかっていた。この絶壁を降りる、と言いだすに決まっている。

「前進あるのみよ」彼女は言った。やっぱり。「向こうには町が見渡せるし、崖の下の道は町に続いてる。ここで後戻りなんてあんまりだわ」

確かにそうだ。よろしい。

草の生えている岩のくぼみを足がかりに這い降りはじめて、一〇分たったとき、「やっぱり、戻ったほうがよくはないかしら」と彼女は下を見下ろしながら、いくぶん遠慮がちに話しかける（二人は並んで降りていた）。彼女の手の甲には、すじになって血がにじんでいる。さっきイバラの藪に突っこんだんだろう。見上げるともう、かなり降りてきている。ここから戻れっこないじゃないか。

「下を見ないほうがいいよ」と、こっちはせめてもの慰めを言う。彼女は口もきかない。それから二〇分のあいだ、僕たちはなめくじみたいにじわじわ降りつづけた。あと五メートルというときになって彼女はすっかり元気を取り戻し、やっぱりここを降りてよかったでしょ、などと言う。カギ状になった指のこわばりをほぐし、膝ががくがくするのを止めるべく崖下にしばらくへたばってから、くたびれ果てて宿にたどり着く。かくして五時間半にわたる〈散歩〉は終わった。

さて、この女性のドイツ訛りの英語を、最初はぜんぜん理解できないでいた。赤ん坊がいきなりコトバを話しだすみたいに、すべてが意味をなす音としてやってきたのは、ちょうど一週間後のことだ。それでも英語にしづらいようなコトバは、使い古された厚さ五センチの独英辞典が伝達の役を果した。あれだけの厚みだから、身の毛もよだつ罵りコトバも詰まってるに違いないが、彼女は僕の、厚さ二センチの真新しい英和―和英辞典をひどく羨ましがった。ドイツにはそんなのはないのだそうだ。

「コンパクトでいいだろ」こっちは自慢する。「きみの重厚なやつは、枕にだったらいいけどさ……」

夕方になり、ふと思い立って、念のため元―中国通貨―がどれくらいあるか調べることにする。薄暗い裸電球の下で木の寝台に腰かけ、パスポート・ケースのなかの紙幣を数えてみる。

アンがゆっくりと顔を上げ、不安を湛えた目をこっちに向ける。

「あと二五元しかないわ……うっかりしてた。ラサに着くまで用立てといてね、悪いけど」

「いいともさ」初めて優位に立ったのを喜びながら、僕も自分の所持金を調べ終わり、こっちにはなんと八元しか残ってないことが判明する。

僕は日本円の、アンはドイツマルクの旅行小切手しか持っていない。彼女はすぐさま罵りだす。

「成都の宿でごろごろしてる暇があったら、なんで銀行に行っとかなかったのよ」

「きみこそ四〇キロも駆けずり回ったんなら、銀行に寄ることくらい思いつきそうなもんじゃないか」こっちもやり返し、事態は紛糾する。（以降、一〇〇万回の口論をすることになるが、そのうちで、彼女の悪いのはおよそ六〇パーセントで、僕自身は四〇パーセントといったところ。これが公平な見方というものだ。ところが彼女の口ぶりだと、僕の悪いのが九七パーセントで、あとの三パーセントは偶然の産物、ということになる。）

さんざん議論したすえに、僕たちみたいな無目的なツーリストがめったに通りっこないこんなところで、外貨を両替できる銀行なんかあるはずない、という結論に傾いた。じゃ、これからどうするのか。ラサまで何日かかるかわからないし──それどころか、ちゃんとたどり着けるのかどうかも不明だ──、とてもこの残金では持つまい。まだたいして来てないんだから、いったん成都まで戻ろう、というのが僕の慎重ないし後ろ向きの案。ところが、「絶対にイヤよ！」彼女は言うのだった。「わたしは餓え死にしてもラサまで行くんだから」

その剣幕に口ごもり、

「誰も行かないなんて、言ってないさ……ただ、ここでいったん、態勢を建て直して……」

これは敗走じゃなしに、戦略的撤退なんだ、と毛沢東語録みたいなことを言ってみても、何の効き目もない。彼女は何かに取っ憑かれたみたいに、ひたすら前進を主張し続けた。

彼女の唯一の方針は、前進だった。前進あるのみ。これまでの人生は、引き返すこと、停滞を余儀なくされること、足踏み、待ちの連続だった、と彼女は回想する。だからもうこんりんざい、後退はイヤ。

のっぴきならない事態に彼女は、自分のことは棚に上げ、ああ、あなたってホントに頼りにならないのね、と呟きながら、寝台の上で膝を抱える。

確かに僕は、頼りにならない。自分でもそう思っている。事実は認めなくちゃならない。が、そうあからさまに言われると腹も立つ。

「持ってる物を売るのよ」しばらく黙ってたくらみをめぐらしていた相手は、不意に発案した。「腕時計を売るから、紙に〈時計売りたし、価五〇元〉って漢字で書いてちょうだい」

この果敢な申し出はあまり有効にも思えないので、

「成都ならともかく、こんなとこで僕らの物が売れっこないじゃないか……だいいち、きみがそんなことを始めたら、黒山の人だかりで商売になりゃしないよ」

「そこがつけ目よ」彼女は得意そうに請けあった。「ひょっとしてその中に、誰か金持ちがいるかもしれないでしょ」

「だけど金持ちじゃなくて、公安局の取締係がいたら?」

アンは急に黙りこんでしまう。彼女が唯一怖れているのは、公安局だった。ツーリストが一週間しか滞在を許されないビルマでは、旅程をオーバーしようとして〝天文学的〟な罰金を徴収されたうえ、もう少しで抑留されそうになったのだそうだ。また北京の公安局では、ビザを延長しようとしてケンもホロロの扱いを受けながら、国外退去という事態を避けるため三日も通いとおした、という。どうせまた、余計なことを言ったからに違いないが。

それにしても、彼女がいわゆる社会主義国というやつの官憲筋を恐れ嫌うのは、一つには隣国東ドイツに関する恐ろしい実話や噂話を聞きながら育ってきたからじゃないか、と僕は想像した。もし大戦後ニッポンに米ソが駐留していたら、今頃ニッポンは体制の異なる東西日本に分割されていて、東から西へ行こうとする人間は射殺される、などということになっていたかもしれない。そうなっていたなら、僕の感覚も今とは全然違ったものになっていたろう（注1）。

僕たちはもちろんラサの入域許可証を手にしていたものの、成都の公安局の口ぶりでは、ラサへはやっぱり空路で入ることが前提になっているようなのだった。少なくとも、熱烈歓迎というわけじゃなさそうだ。

よかろう、と僕は立ち上った。僕が行こう。ニッポンでは一時セールス・マンだった。商人の端くれだったのだ。クビにはなったけれども。が、とにかく、身についたセールス・テクニックを駆使するなら、売れないものはない……と信じることにしよう。

とてもそうは見えないわ、と横目で見る彼女の時計を預かり、こっちのポケット・ラジオともども売り払うべく夕暮れの町に出かける。康定の町は中心を流れる川で二つに分けられていて、膨大な広がりをもつ赤茶けた自然に抗いながら、草色の人民服を着た開拓の人びとが、あまり夢もなく暮らしている、といった印象の開拓町だ。石でできた町並みはごつごつした灰色で、夕日に染まるとよけい荒れ乾いた感じが強まる。

いちばん大きい石橋のたもとで、麻薬の取り引きでもするみたいにビクビクしながら売りこみを始めると、三分もしないうちにおそろしい人だかりになってしまう。何が中心で起こっているのかもわからない最も外側の人びとが、こっちを覗きこもうとして懸命に伸び上がっているのが見える。口々に何か言いあいながら商品をいじくり回すだけで、なかなか商談ができない。公安局員に見つかりやしないかと焦りながら紙切れに値段を書きつけて示すと、こっちのボールペンを取り上げた男が、「オマエは北京から来たのか、それとも上海からか?」などと書いてよこす始末で、ぜんぜん商売にならない。一五分後、すっかり精力を使い果たし、とうとう売りつけるのを断念して、人垣が崩れるのを睨みながら退散する。もしこれが僕じゃなくてアンだったなら、暴動でも起こるのかという騒ぎになっていたろう……。

宿に引き上げて彼女にコトの次第を説明して罵られてから、念のため帳場に詰めている服務員―たまたま愛くるしい女の子―に、この町の銀行で外貨を両替できないかどうか尋ねてみる。彼女は同僚にいろいろ聞いてくれ、この町でいちばん大きい人民銀行ならできるかもしれないから、明日の朝連れて行ってあげる、と筆話で言ってくれる。ここ以降ラサまでは大きい町がないということで、もしここで両替ができなければ、やっぱり成都まで戻るより仕方がない。連れがいくら喚こうとも。

（注1）この時点で僕はもちろんアンも、今世紀中にベルリンの壁が崩れるなんて思いもしなかったのだ。

二―（二）　親切

翌朝、地図を書いてくれれば勝手に行くから、と言っても案内してあげるときかない服務員嬢を先頭に、人民銀行めざして出かけた。

川沿いに半時間歩いて町並みが尽きてしまっても、まだ着かない。僕たちは不安に見舞われ、昨日、町でモノを売ろうとしたのが当局の耳に入ったんじゃなかろうか、などと話し合う。彼らの指示によってこの少女は、親切な案内のフリをして町はずれの公安局にわれわれを連れていくのだ。

さらに半時間たって道が魔の山ミニアコンカの方角に向かう山道になり、僕たちが逃亡の相談を始めた頃、ようやっと銀行らしき建物の前に着く。何でこんなところにあるのかさっぱりわからないが。九時半に開くはずというので、石段に腰掛け乾いた空に舞うカラスを眺めて、思えば遠くまで来たもんだ、と感慨にふけったりしているうち、一〇時過ぎになって扉は開いた。筆話で何とか事情を説明するとカウンターの中へ入れてくれる。おまけに、微笑みとともに桂花茶を出してくれる。都会ではちょっとこういうことはない。

セメントの床にときどき水が撒かれる。空気が乾ききっているためで、そういえば夕べも寝ている際、舌が口蓋に貼りついて呼吸困難になったことを思いだす。

パスポートとラサへの入域許可証を示すと、係の長らしき人物が入域許可証の方をじっと念入りに読むので、詮索されるのを牽制すべく「これはラサへ行く許可証なのだから、その途中の町に滞在するのは別にかまわない、と成都の公安局では言ってました」などと、ありもしないことを筆話で言う。

長い相談のすえ、何とここで両替してくれることになった。成都まで一日二日、という距離も幸いしたのだろう。もうだいぶ時間が経ってしまったので、紙切れに「本当にありがとう、もう自分たちでなんとかなりそうだから、先に帰っていてほしい」という意味のことを書いて、長い道を案内してくれた女の子に示す。アンも彼女の両手を握り一つだけ知っているコトバ「シェシェ」を述べる。彼女はにっこりして帰って行ったが、日本の漢字を並べただけのデタラメ中国語でちゃんと感謝の意が通じたかどうか、不安だ。まさか、「もはや用はないから帰れ」なんていうふうに受け取らなかったろうか。

　カウンターの中でいろんな係員と筆談を交わしていると、何だか周りは大騒ぎになっている。一時間半後、目の前にいきなり紙幣が積み上げられる。ざっと見ていつもの一〇倍の厚みだ。脳裏に一瞬、富士山からドッと石油が吹き上がっている光景が浮ぶ。円がとてつもない高騰をしたのだ。ニッポン万歳！

「山分けね」とアンが横から目を輝かせて覗きこんだので、僕は、それはあんまりいい考えじゃないな、と言い、きみは日本国に属してないのだから「山分け」という考えに賛成する理由はない、という理屈を説き聞かせた。もしこんなふうに一獲千金を狙いたいなら、きみもニッポンに帰化するといい……。

「そういう狭隘なナショナリズムが戦争の原因になるのよ」と相手は不機嫌に言い、ほんとに戦乱を勃発させそうな顔をしているので、考え直してこう申し出る。

「あのさ、まあ、一割くらい分けたげてもいいよ、記念に」

　係が金額を確かめろ、と言うので、銀行中の人々が注視する中、震える指で二回めの勘定に入ろうとしたそのとき、別の係が血相変えて飛んできた。係員の過ちで両替の額が一桁間違っていたことが明らかになったのだ。したがって札束の一〇分の九はなすすべもなく取り上げられてしまった。

「こんどこんなことがあったら」僕は呆然としている連れに囁いた。「山分けにしよう。約束するよ」

それでも、円が日増しに強くなっているのがわかる。ストの連続であんまりぱっとしない西ドイツのマルクを両替するつど、うかない顔で小さく悪態をつく連れには気の毒だが。ひとは旅に出るとついつい国粋主義者になりがちなものだが、僕も両替のときだけは思わず愛国心に満ちたりするのだった。

夜、ともかくも両替ができてほっとしたので食堂でぬるいビールを飲む（中国では、大都市の大観光ホテル以外ではビールを冷やさない）。成都で一瓶〇・八元だったのがきっかり一元になっていて、高度差を実感する。

二―（三）　名もない宿にて

翌朝四時、康定を発つとまもなく、急峻な山道にさしかかった。唸り声を張り上げ、ときどきはぜいぜいあえぎながら、バスは登り続ける。車内は人だの荷物だのニワトリだのでぎっしりたてこみ、おまけに屋根にも山ほど荷を括りつけているというのに、驚くべきタフな心臓でもって、ロー・ギアのまま頑張る。無表情な犀みたいに武骨でなりは悪いが、この上海製バスはいかにも新生中国の象徴という感じがしてくるのだった。

数時間でバスは、標高三〇〇〇メートルを越える。山道を縫うようにして登っていたと思ったら、突然眺望が開け、一大パノラマが展開する。山の名前は知らないけれど、とにかく山頂に到ったのだ。チベット人たちにとっては単なる〝峠〟なんだろうが。

目の高さに雲海が流れて、向こうの壮絶な峰々が迫ったり離れたりするのを、飛び上がりながら（登りの傾斜がラクになったので、運転手はでこぼこ道を猛烈に飛ばし始めたのだ）眺め、興奮のあまりいろんな感嘆詞を喚き散らす。峰のうちにはたぶん、ミニアコンカ七六〇〇メートルも含まれているにちがいない。運転手はちらっと振り返り、いったいなにを騒いでやがんだ、うるせえな、という顔で飛ばし続ける。まわりの人々は、見慣れた風景なのだろう誰も騒ぎはしない。

　下りになってしばらくして、アクセル・ジョイントが吹っ飛ぶ。ブレーキのほうでなくてもっけの幸いだった。千尋の谷底へ転がり落ちていたところだ。修理半時間。

　日暮れまで細々したトラブルをはね除け驀進を続けて、小さい村に到着。地図を見せて宿の服務員氏に現在地を尋ねてみるも、地図には村の名前は載ってなかった。ひょっとしたらここが康定の次に地図に載っている理塘（リタン）なのじゃないかと思ったら、どうやら理塘はまだまだ峰の彼方らしくて落胆する。やれやれ。

　昼間は絶景に興奮していてそれほど気にならなかったが、なんだか頭が重い。富士山とたいして変わらない高さに来たわけだから、空気も薄いんだろう。寝台でぐったりしていると、アンがシャワーを浴びたいと言いだす。こんなとこにシャワーなんかあるわけないじゃないか、と言っていると、服務の女の子が魔法瓶を持ってやって来る。彼女はコルクの栓をポン、と抜くと部屋に備付けの洗面器にお湯をいっぱい注いでくれた。服務員は、辺境に来るほどおっとりとして親切になってくる気がする。大都市の、目をサンカクにしてすぐいきり立つ彼らとはえらい違いだ。もっとも、最初に宿に入るときには、窓口で見せるパスポートはなかなか返してくれない。初めての外人宿泊客の身分証明書をひと目見ようとする関係者全員のあいだを、タライ回しになるので。

ちらちらする裸電球のもと、タオルで手足の土ぼこりを拭い落していると、トントン、ノックがある。ドアを開けると目の前に二人のチベット人が懐手をしてつっ立っている。彼らは黙ったまま僕を眺め、ついで僕の肩越しにまじまじとアンを見やる。後ろで彼女は力なくノオ、と言う。あんまり無遠慮に見つめるので、こっちも相手を観察することにする。

黒い織物と羊（ヤクかもしれない）の毛皮でできた彼らの着物は、ちょうどどてらを変形したようなものだ。分厚くて、丈の割りにひどく袖が長い。これを左前に来て、赤いオビをしめている。着物は長年の土ぼこりで汚れきっていて、すえた汗がふっと臭った。首には銀らしい鈴型の装身具をかけて、日焼けした茶に近い赤銅色の顔に、蓬髪を赤い布でまとめている。もつれた髪が裸電球の下で浮び上がっている。足にはやはり、ヤクの革製らしい長靴。しばらくお互いを観察しあうと、なんだかオカしくなってにやにやしてしまう。彼らもやっぱりにやにやする。こっちはチベット語を知らないので、おやすみ、というイミでにっこり頷いて戸を閉める。しばらくのあいだぼそぼそ話す声が聞こえていたと思ったら、やがて立ち去る靴音がした。

ところが、五分たってふたたびノック。ドアのまんなかに開いている（開けてある？）節穴に目をあてると、向こうからこっちを覗きこんでいる目ともろにぶつかり、お互いにびっくりしてのけぞる。穴にちり紙を押しこんでドアを開けないでいると、三たびノック。おもしろくて仕方ないらしい。悪気はないんだろうが。そっとちり紙を抜き取って覗くと、向こうはさっきの二人に三人を加えて五人になっている。見慣れない人間が宿を取ったというのが、一帯に知れわたってしまったらしい。と思っているうちに、さらに二人やって来るのが見えた。今度は夫婦みたいで、中年のカミさんのほうは黒い髪をまんなかで編んで垂らしている。ガヤガヤと騒がしくなってきた。僕たちを一目見よう――というか、精確にはアンのブロンドの髪を見るため。「いったいどうしたわけで、黄金とおんなじ色の髪をしてるのだ？」――という人びとが、どんどん押しかけてくる気配なのだった。

これはまずい。

またノック。こっちはブゼンとして戸を開け、われわれはくたびれているのでもう眠るのだ、ということをゼスチュアでもって示す。にもかかわらず彼らは上から下までこっちを眺め、奥にいるアンのほうをじーっと覗きこむ。何の遠慮もない。そこで紙切れに、〈なんとかしてほしい。われわれは眠りたい〉と書いて帳場に持参しようとすると、ちょうど服務員嬢がバケツを持ってこっちへ来るところだった。戸口にバケツを置くと、彼女は僕の示す書付を読み（彼女は漢族だから僕のいい加減な漢字を解読できる）、彼らにもう帰るよう促してくれる。……で、じきにみんな、こっちを振り返りつつ帰って行く。それを見送った彼女は部屋に入ってくると、バケツの水をコンクリートの床に撒いてくれる。

「謝々」を言うと、にっこりして「不要謝（どういたしまして）。」

げっそりしているアンに、よかったよかった、もう誰も来ないだろ、と言うとまたノック。

今度は別の服務員がにこにこして立っていて、部屋の中の魔法瓶を指さす。からっぽのやつを渡して、くたびれ果てたスニーカーを脱ぎ寝台に身を投げだしたら、しばらくしてさっきの服務員がやって来て、お湯が沸いたから持って来た、と魔法瓶をくれる。僕たちは「謝々」を言って受け取る。

「なんだか見張られてるみたい」とアンは顔をこわばらせて言った。

「まさか」と僕。「僕らを見張ったって、いったい何のトクがあるんだい？」

「トクがあるかないか、見張ってみなくちゃわからないでしょ。向こうにすれば」

かすかな不安がもたげる。アホらしいとは思うものの、アホらしいことはしばしば起るものだ。

二時間してぐっすり寝こんだところへ、激しいノック。あっ、ついに来た！と思って飛び起きる。あえぎながらカンヌキをはずし戸を開けると、最初の服務員が水の入ったバケツを手に、微笑みを湛えている。もう夜中に近いというのに。彼女はどんどん入ってきて水をぶちまけ、にっこりして出て行く。もう「謝々」は言わない。こっちの挙動は、当局に逐一報告されているのに違いない。

三―（一）　アップ&ダウン

あくる朝五時、厨房のすすけた土のかまどにはすでに火が入っていた。藍の人民服に長靴をはき、前掛をつけた漢族のコックは、かまどにどっと薪をくべ、黒光りする巨大な中華鍋で煎り玉子を作ってくれる。

親切すぎた宿を発ってバスとトラックの停車場に行く。毎朝五時にここからバータン（芭塘）に向かうバスが出ている、と夕べ聞いたのだ。四月も終りとはいえ、吐く息が白い。停車場はすでに、黒や焦げ茶の外套を着た人々でごった返していた。ここまで来ると、漢族とチベット族の割合が半々くらいになっている。

目指すバスの屋根には、人々が荷物を山と積み上げている最中だった。穀物の袋、衣類、ニワトリの篭、その他もろもろ。僕たちの荷はそれぞれ軽いザック一個だから、車内に持ちこむことにして、地べたに坐りこんで出発を待っている人々にじろじろ眺められながら暇をつぶす。

待ちくたびれた誰かがバスのドアの把手をがちゃがちゃやり始めた頃、運転手が現われた。鍵でもってドアが開けられるが早いか、攻め寄せた人々はわれがちに中へなだれこむ。

中国では列というものがちゃんと作られることはない、少なくとも自発的には。太くなったり細くなったり、曲がりくねった列があるところにはいつだって怒号が渦巻き、罵りあいとつかみ合いがある。駅の切符売り場で夜中から五時間並んだすえ、先頭から三番目の位置を確保したと思ったのに、窓口が開く五分前にやってきた連中にどっと脇からなだれこまれ、結局後ろから三番目になって悔し涙にくれる、といった事態もままある。地道な努力がきちんと報われる、というのが社会主義の理念じゃなかったか。とまれ現実は、抜け目なく立ち回って人を押しのけ、強引にコトを行う人間がいい目をみる、ということだ。

さまざまな問題を抱えて混雑解消どころじゃない、というのかもしれないが、だいいちこの国じゃ、分けあうパイが小さすぎるようだ。どこもかしこも、夜明から夜更まで超満員御礼。

バスは荒れ野をよたよた走る。勾配のせいもあるが、どだい荷が重すぎるのだ。通路にもむろん人が坐りこんでいるうえ、荷物の量は昨日のバスの比じゃない。荷物のすき間すき間に人がはさまってる、といった様相だ。運転席の背後にもズダ袋だのヒツジやヤクの毛皮だのが天井まで積み上げられていて、バスが揺れるのに合せてぐらぐらする。

理塘に着いたのはちょうど昼だった。理塘はごくごくちっぽけな黄土色の町で、町というよりはむしろ、うっかりすると土煙の中に呑みこまれてしまいそうな集落だ。バスの乗客に混じってそそくさと食堂に駆けこんだにもかかわらず、土地の人に見つかってやっぱりテーブルの回りに人垣ができる。

「ノイローゼになりそう……スイミン薬でも飲みたい気分だわ」とばさつく飯を口に運びながら、アンは訴える。

「漢方薬ならあるよ」僕は答える。「中国での病気には、中国の薬がいちばん」

出発まぎわに便所に入る。この国の公衆便所には低い仕切があるっきりで、戸というものがないので、最初は大変だ（最後まで大変だ、というムキもある）。白人だったら、している場面までじろじろ見られてしまうところだ。その上、管理の行き届かない地方の停車場の便所などときたら、中はたいがい目を覆わんばかりの惨状を呈している。便器まで到達するにも、軽業師みたいな身のこなしを必要とするのだ。

最初に用を済ませてくると、連れに告げる。

「ここのは、この世でいちばん美しいトイレットだよ」

彼女はおそるおそる中へ入っていく。すると三秒後に「ノォォ」という絶望的な呻き声が聞えてくるのだった。

理塘あたりから、それまで曲りなりにもあった舗装がとぎれ、白茶けた土の道が続くようになった。頭の重い感じがとれないうえ、乾ききった土ぼこりで目と喉をやられて、みしみしと気がふさぐ。成都でたくわえた体力の貯金がすでにしてだいぶ減ってしまった。

「エヘン、エヘン（咳きこみ）、喉がいがらっぽいわ」彼女が言う。「もしこんなとこで気管支炎にでもかかったら、大変」

彼女は、ドイツにいる自分のいとこが、アルプスの五〇〇〇メートルほどの所で気管支炎にかかり、弱っていたところへ肺に水が溜ったあげく、脳にも水腫ができて、危篤のまま病院へかつぎこまれた、という話をする。それでそのいとこはどうなったんだい、と尋ねると、そのあとのことは聞かないほうがいいと思うわ、などと言う。だけどここはまだ四〇〇〇メートルにもなってないし、環境だって違うんだから、そんな心配をする必要はないだろうさ、といなそうとすると、そういう油断がいちばんいけないのよ、と相手は諭す。彼女が言うには、ここチベットには極端な乾燥、土埃、昼夜の温度差、不足する栄養、不衛生、などなど、重い病気にかかる条件が揃っている、とのことだ。そこへもって消耗を重ねる旅をずっと続けてきたんだから、恐ろしい病気にかからない方がおかしいくらいだ、とさえ断言する。

このきわめて参考になる意見に、ひどく気が滅入ってしまう。僕は病気にひどく弱いのだ。ニッポンでだって、二日酔いの朝は出勤する気にならなかったくらいだ。ところが相手は、こっちの気を滅入らせておきながら元気いっぱいに見える。

「障害が大きいほど、チャレンジしてみようって気がむくむく起きるのよ」

今度のバスの窓は上下に引き開ける式で、一つとしてまともに閉まりはせず、僕たちの席のも一〇分おきにギロチンみたいな勢いでずり落ちる。そこからも床にあいた穴ぼこからも、ひっきりなしに土塵が吹きこんでくるから、吹きっさらし同然だ。ありとあらゆるところが真っ白になる、肺の中まで。タオルを口に巻いても、半時間たってパンパン叩くと、もうもうと土煙が立って、フィルターの役をなさない。

あたりは深い峡谷になってきたので、バスは勾配のきつい道を息もたえだえに這い上っていく。しばらくたつと、曇った空からみぞれが落ち始め、きりきりと冷えこんできた。ありったけの衣類、すなわち四枚のTシャツを重ね着しても震えがくる。だいいち、ラサへ行こうと思ったのは、雲南省昆明（コンメイ）で会ったフランス人ツーリストから、チベットとネパールの国境が現在開いている、という情報を得てからなのだ。それまでは、暖かい南中国を回って香港に戻り、そこから安チケットを買って酷暑のインドまで飛ぼうと思っていたから、僕は極端な軽装だった。

坂がゆるくなってバスがまたまた速度を上げ始めたと思うまもなく、展望が開けて漠々とした雪原になる。標高は四〇〇〇メートルを越えたはずだ。雪と泥でぬかるんだ道を走るうち、みぞれは吹雪に変わった。遠近の失われた雪野原のところどころに、黒いぼそぼそしたかたまりがある。目を凝らすとそれは、うつむいて肩をくっつけあっているヤクの群れだった。痩せて黒い長い毛をした、辛抱強い家畜。吹雪がおさまるまで、そうして固まっているのだろう。

雪は車内にも吹きこんでくるから、がやがや騒いでいた乗客も今は身を寄せあって、ヤクの群れ同様ひっそりとしている。

まもなくエンジンの調子が悪くなった。ガタタン、プスンプスンとこぼし続けるのをかまわず走らせたものの、一キロほど行くと持ち堪えられなくなった。

修理のあいだ停まっているバスから全員降りて、吹雪のなかあちこちで用を足す。いい景色だから少し停まって休めばいいのに、というときには口もきけないくらいぶっ飛ばすし、一刻も早く通過してほしいときには決まって故障する、いったいなぜなんだ、とぶつぶつ言うと、そういうときのために、〈トーストを落したときはいつもバターがついた側が下〉というコトワザがあるのよ、とアンが教えを垂れる。だからって何の役にも立ちはしないが。

北京で手に入れた薄い木綿のジャンパーを着ているほかは、僕とたいして変わらない服装の彼女は、唇を紫色にしている。ということは、こっちのは深紫、ということだ。

けれど、修理を終えて峠を越え、下りにさしかかって半時間もたたないうちに、雪はすっかり消えてしまった。今度はえんえん、見はるかす限りの赤茶けた不毛地帯が続く。わずかに顔を覗かせる黄色っぽい雑草には、例によってヤクが群れ集っている。影が濃い。空は昨日までみたいな紺碧ではなしに、砂塵に染まって薄茶を帯びている。漢族の乗った『解放』トラックが一台、こっちを追い越していくと、巻き上げられる土煙で前が見えなくなる。みんな目をこすり、咳きこみ、口の中に土の味がするので窓から唾を吐く。ぺっぺっ、いまいましいトラックだ。さっきまで雪をついて走ってきたのが幻みたいな気がする。凍えきっていたことを、体だけが覚えているのだった。

後ろの座席の男が、ちょうど風のなかで祈りの旗が鳴るみたいな、哀切な調べの歌を唄い始めた。日本で言えば、馬子唄の追分節に似通っている。よく通る声はやかましいエンジンの音を圧倒して車内に満ちわたり、やがて窓から果てしない虚空へと逃れ去っていった。

三—(二)　トラブルと教訓

日もとっぷり暮れた頃、バータンにたどり着く。バスからよろめき降りて、古い小学校みたいにだだっ広く殺風景な宿にぞろぞろ入る。ここには〈男〉と〈女〉とに分かれた大部屋がいくつかあるだけだった。旅篭という感じだ。八台の鉄パイプの寝台が並んでいる〈男〉のほうは僕を入れてきっちり満員、〈女〉のほうはがらんどう、アン一人だった。彼女は殺風景なだだっ広い室をひと目覗くと、

「わたし、こんなところに一人でいるのはイヤよ」

で、服務台に頑張る女子服務員と、筆話で交渉を始めることにする。

「〈女〉のほうに、一緒に入るわけにはいかないだろうか」

「男は〈男〉部屋に、女は〈女〉部屋に、という規則だからダメだ」と彼女はにべもない。

「でも連れの具合がよくないので不安なのだ、〈女〉部屋にはあと誰もいないことだし」と懇願してみても、だめ。

「もし他の女客が来るようなことがあったら（こんな夜に来るわけもないが）、すぐ移るけど」

「いーえ、きまりは守られねばなりません」

　じゃ仕方ない、とりあえずは、と引き下がろうとしたそのとき、それまで後ろに控えていたアンが突然、興奮して割りこんできた。誰も困らないのにいったいぜんたいどういうわけでダメなのか、と詰問し、僕の方に向きなおって、通訳しろという。通訳すると、服務員嬢はやや鼻白んだものの、ダメったらダメなんだからダメなのだ、と中国語でまくし立てる。つまりは、公安局とのかかわりを極力避ける貧乏旅行者が、必ずやその前に挫折する〈没有《メイヨ》〉の嵐に遭遇したわけだった。こういうときには、いったん引き下がって出なおすのが諸経験を積んだ者にとっては定石なのに、アンは逆上してしまう。ドイツ語でもって、相手の融通のきかなさに関する呪いのコトバ（たぶん）を喚く。騒ぎを聞きつけて、バスの客と宿の服務員全員が見物に集まる。どさくさに紛れて彼女の髪をいじろうとするのもいるので、僕は、こらこら、見せ物じゃないぞ、と言ってみるものの効果はない。

激しい罵りあいが始まった。どっちもあまりに恐ろしい形相なので、誰も中に割って入れないのだった。このときまでにアンは何度も苦い経験を経てきたにもかかわらず、こっちが強い態度に出たなら中国人は鋼鉄のカベと化す、ということをまだ認識してなかったのだ。インドで、タイで、ミャンマーで、シンガポールで、そしてニッポンで、不屈の居なおりをもって希望を通してしまう西欧人はみんな、中国にあってはゴリ押しが功を奏さないということを思い知る……。

というわけで結局僕たちは宿を追いだされ、闇の中へとさまよい出た。四人組時代だったら、われわれは反革命的旅行者でした、という自己批判を強いられていたに違いない。出会った人に手マネで眠る場所を尋ね、指差された方へ歩いていく。彼女はひどく打ちひしがれている様子だったので、いろいろと忠告しようと思ったコトバを飲みこむ。

がっくりしている連れは気づかないものの、さっきから後ろをつけてくる人影が二つあった。チベット服を着ているようだから、公安局員じゃなさそうだ。とすれば、強盗か?――もしそうだとすれば、刀の一本や二本下げているはずだ。日中戦争前後に特務を帯びてラマ僧に変装し、モンゴルからチベット全域を回った木村久佐夫という人が、「東チベットのチベット人は勇敢というより凶暴だ」などと書いていたのを思いだす。これはもう、有り金を渡して逃げだすしかない……しかしそれじゃこないだ、じつはカラテのブラック・ベルトなのだとウソをついた手前、立場というものがないな、といった葛藤に落ちこんでいるうちに、いつか別の宿に行き着いてしまう。

後ろからやって来たのは、やっぱりチベット人だった。チベット外套の下から、唐草模様の彫刻された銀色の刀の柄がのぞいている。褐色に日に焼けた顔の二人には、見覚えがあった……そうだ、バスのなかで、すぐ後ろに坐っていた二人じゃないか。さっきの騒ぎを見ていて、宿を出た僕たちがちゃんと落着くところへ落着くのを、見届けにきてくれたのだ。彼らはこっちに代って、服務台で室のことを尋ねてくれる。ここは満員で部屋はなかった。身振りでついてこいと言うと、二人は先に立って歩き始める。やがて、屈強な護衛（武器付き）に導かれた僕たちは、たぶんバータン最後の宿にたどり着いた。

ここには室があった。僕たちは二人の手を握りしめる。チベット語を知っていたら、ちゃんと礼が言えたのだが。せめて感謝のしるしに、と僕は一〇〇円ライターを二個差しだす。いぶかしげな顔をしているので着火してみせる。ささやかな炎に照らされた二人の顔に、驚愕が浮ぶ。半歩、あとずさり。生れて初めて目にする代物なのだ。火のつけ方を手振りで説明すると、やっと受け取ってくれる。ライターをめいめい袂にしまいこんで、にっこりして帰っていく。

家宝の一つにおさまるのかもしれない。とにかく、よかったよかった。

ザックをおろして寝台にへたりこむ。靴下を脱ぐと、小さい土嵐が立った。

「親切な人たち」と仰向けになって僕は呟く。

「ほんとね」と彼女もほっとした顔で頷く。

「いざというときには、必ず親切な人が現れる。……だけど、いろんなことでイライラするのは、健康に悪いよ」

「いつもいつもじろじろ見られてたものだから……」と連れは弁解した。「それに、疲れてもいたし」

実際、一日バスの中で埃にまみれているだけで、結構くたびれてしまうものだ。トーキョーでビルの解体をやっていたときと今とじゃどっちが疲労の度合が大きいか、と考えても、すぐには答えられないほど。そのうえに彼女は、見せ物としての宿命を負っているのだ。多少ヒステリックになるのもムリはない……が、よっぽど懲りたらしく、これ以降、彼女は宿での交渉のいっさいを僕に任して、後ろから口出ししなくなる。何しろこっちは漢字が書ける。今や旅の主導権は移行しつつあった。

夕飯を食いそこねたまま、眠りに落ちてしまう。夢の中でも僕たちは空腹で、公安局に〈食事許可証〉というのを申請しに出頭する。窓口にはさっきの女子服務員がすごい顔をして坐っていて、こんなことを記した紙を突きつけるのだった—許可証は、ちゃんと当局の指示に従って旅行する者にだけ発行する。規則を破ろうとした者は、没有。

四—（一）　沈黙の越境

翌朝、昨日まで乗ってきたバスは、別の人々を詰めこんで成都に引き返してしまった。今日はラサ方面へ向かう乗物をつかまえなくちゃならない。ここは、四川省とチベット自治区—かつての外チベット—とのボーダーに近い町だった。どういう事情でか知らないが、この境のチェック・ポストで追い返されたフランス人のことを、成都で耳にしたのを思い起す。

宿でいろいろと聞いてみてわかったのは、ここからラサへ向けて出るバスはないということ（!）、成都から来てラサの方へ行くやつはあるものの常にぎっしり満員で（これは乗ってきたからわかる）、しかも今日明日は来るかどうかはっきりしない、ということくらいだった。〝解放〟前までチベットの交通機関といえば、ヤクのキャラバンくらいだった。そこへ頑丈な道路を造ったのは、もっぱら解放軍の戦車部隊を通すためさ、という悪口を思いだす。

それじゃ、だいぶ消耗したことだし二三日ゆっくりしようか、とこっちが言うより先にアンは、だいぶ消耗したことだから一日も早くラサに着くようにしなくっちゃ、と宣言する。

「いったいぜんたい、何だってそんなに急がなくちゃならないんだ？……ドイツ人ていうのはみんな、きみみたいにせっかちなのかい？」

「まさか」彼女は首を振るのだった。「ドイツ人はせかせかするのを軽蔑してるわ」

「じゃいっそのこと、引き返すってのはどうかな……これからますますきつくなりそうだし……成都でちゃんとラサ行きのバスを探しだしてさ」

「タイミッド！」と彼女はこっちをさえぎって叫んだ。何のことかわからないでいると、貸して、と僕の英和辞典を取り上げ、頁を繰って探しだす。おおかた血も凍る非難用語に違いないから、見たくない、と断わったものの、ムリやりにその項を見せられる。

〝ｔｉｍｉｄ―いくじなしの、憶病な〟とある。とまれそのとおりなので、僕はきっぱりそれを認めた。その上で発音記号を目にし、だけど正確な発音は〝ティミッド〟というのじゃなかろうか、と指摘すると彼女は激昂し、こんな人と一緒に旅しようとした自分がばかだった、と呻く。

「後悔先に立たず、ってね」と彼女の見こみ違いに哀悼の意を表すると、

「ふざけてる場合じゃないわ」

興奮を抑えかねる様子でパスポート・ケースから紙切れを取りだし、突きつけた。ラサへの入域許可証。

「せかせかしてるのは、このため」

なるほど。事情が呑みこめる。彼女の許可証の期限はあと六日になっていた。ここからラサまで六日というのは、微妙なところだった。どっちかというと、あぶない。間断なく乗物を拾っていければ別だが。何の問題もなしにどんどん乗り継いでいけるものとばかり思いこんでいたとのことだ。まさか！……ふと見ると相手は、しばしうつろな目つきをしている。期限切れの許可証を持って旅行したかどで囚われの身となり、幸福だった日々の回想に涙ぐむ自分の姿でも思い浮べたのかもしれない。

黙考半時間、人民解放軍の駐屯地に行ってみることを思いつく。旅に出ると、しまいには何でも思いつくものだ。

町はずれの駐屯地を探し当てると、兵士たちは軍用トラックの整備の最中だった。士官らしい人を見つけ、これからラサ方面に出かける警備隊があったら同乗させてもらえないだろうか、と筆談で意向を打診してみる。彼はこっちをじろじろ見やり、それから僕たちの見せた許可証を眺めて口をつぐんでいるので、中日（日中とはいわない）友好でもあることだし、などと図々しい物言いもしてみる。しばらく考えたあげく彼はやおら、もしきみたちが香港人なら乗せてやれたんだが、とうまいことを書いてよこす。本当の外国人だと、万一事故があったときに責任が持てないからね、と。妙な理屈ではある。ま、要するに軍は浮浪外人に構ってるほどヒマじゃない、ということだ。当然ながら。

駐屯地からの帰途、たまたまトラック溜りを発見する。一台のトラックのそばでタバコを喫っていた運転手に、ラサの方へ行くのか、と尋ねると、そうだと頷く。じゃ乗せてってくれないか、ガソリン代くらい払うから、というと、いいよと言う。しかも、出発は今日の夕方だと。渡りに船、ハイクにトラック、とはこのことだ。料金を決めてしまうと、通りがかった空荷の馬車に乗せてもらって宿に戻り、夕方また取って返す。

カーキ色の幌をはねて荷台の中に入ろうとしたら、手をかけた縁から転がり落ちそうになった。六畳ほどの広さの荷台は、約二〇人の漢族青年と荷物とでぎっしり埋めつくされていたのだ。考えが甘かった。何となく、二人でゆうゆうと荷台を占領できるのだとばかり思っていたのだ。たじろいでいると、運転手がさっさと入れ、と手を振る。こうなったら、楽しくやるまでだ……ニイハオを言って、僕たちは中に体を滑りこませる。

そろって緑色の人民服の上下を着た彼らは、みんな成都近辺の出身だった。ラサへの途中の町、林芝（ニンチー）の公社で働いているのだという。それから二時間のあいだ、トラックの揺れのあいまを縫って途切れることなく交わされた質疑応答に、残っていたメモ用紙はすっかり使い果たされた。中国をどう思っているか？　ニッポンに対する印象は？等々、こっちの質問を書きつけた紙を大騒ぎのうちに一同回し読み、回答を書きこんだうえに、三人ほどがめいめいの質問を書きつけてよこす。香港からここに到るあいだに、中国の簡略漢字をいくつか覚えたといっても、向こうの書いてくることは五、六割しかわからない。逆にこっちの書くことは、向こうには八割方わかってしまうようだ。簡略化される前の字—つまり今の日本の漢字に近いもの—を、ある程度覚えているということだろう。このやりとりの中でちょっと意外だったのは、ごく一般的な青年だろう彼らが、途方もない誇りというか、愛国心に満ちている、ということだ。〝四つの近代化〟は破綻しない、将来きっと果たされる、と誰もが明るく口にするのだった（微妙な雰囲気から言えば、それほど確信ありげではないにしても）。

けれど考えてみれば、中国の若い世代は自分の国にがっかりしている、といった印象を僕が持ったのは、おもに広州でのことなのだ。香港—広州というルートで中国に入ったら、隣接する欲望集約的資本主義都市香港の活況にあずかろうと巨躯をわななかせている広州のさまが、あらわに見える。経済特区広州近辺では、けばけばしい物質文明はごめんだよ、などと言う中国青年には一人も出くわさなかった。そういえば、こんなことがあった……広州の船着場、西江を遡る船の切符を買うべくやっと捜し当てたその窓口で、係の女の子が突然怒りだしたのだ。わけがわからずぽかんとしていると、彼女は憤怒のあまり今にも外に飛びだしてきそうになる。この中国の入口で、僕はまだ筆談というコミュニケーション手段を本気で考えてなかった。公の窓口では、英語ですっかり用が足りるものとばかり思いこんでいたのだ。彼女はどうやら、僕が香港人で、わざと英語を使うのだと誤解したらしかった。その証拠に、何だなんだと集まってきた周りの人々のクチバシで、こっちがニッポン人であることがわかると、仏頂面は相変らずなものの、ひどくきまり悪げな様子で切符を切ってくれた。広州じゃ香港人は反発を受ける。同じ中国人が、わずか数十キロを隔てて、一方はモノのなさにやきもきし、片方はモノの溢れ返る物質文明を謳歌しているのだ。ところがこんな辺境までは、さしもの資本主義の誘惑もまだ及びづらくて、青年たちはずっと心安らかのようだった。巨大なる国。

連れに対する質問とその回答を、通訳する。曲折を経たのち、西ドイツは〈西徳国〉と表記することがわかり、きみの国のことは〈ウエスタン・ジェントル・カントリー〉というんだと彼女に説明する。すると東ドイツは当然〈イースタン・ジェントル・カントリー〉となり、これはちょっとしたブラック・ユーモアだ、などと彼女は感想を述べる。

夜になると、荷台は幌ですっかり覆われる。彼らの話からわかったのは、このトラックは当局の許可を受けていない、つまり人間を運ぶことができない、貨物トラックだということだった。禁じられた運搬車は、轟音を立てて夜をひた走る。

声がしてトラックが停められた。ボーダーの解放軍チェック・ポストだ。四台のうち、僕たち人間の乗ったトラックは三番目にいる。いちいち中まで調べるのはメンドくさいのでたいていは尋問だけで済み、幌を開けられることがあっても最初か最後の車だけということだった。口に指を当てて、しーっ！とささやきあいつつ外の様子を窺う。

（当番兵士、詰問調で）荷物は何だ？

（運転手、おどおどして）ただの、い、衣料です。

（兵士、疑い深く）ほんとか？　まさか、期限切れ近い旅行許可証を持った外人なんぞ乗せてないだろな？

（運転手、ぎくっとしながらも努めて明るく）え？　いーえ、まさかそんな……メッソーもない。ささ、一つタバコでもどうです？

語調から推して以上のようなやりとりが済み、よし通れ、と無事通過、いよいよかつてのチベット領に入る。

夜が更けるにつれ一人、二人と疲労のなかに寝こんでいき、あたりは混沌としたありさまになってくる。目には見えないが、昼間から舞いこんでいる埃も渦を巻いてるに違いない。捕虜護送車なんていうやつの中はこんな具合なのじゃなかろうか。ぶつぶついう声、諍い、それでもときどき誰かが冗談を言うので、小さい笑いが起る。樹根みたいに絡みあう脚と脚、揺れに合せてがんがんぶつかる頭。こっちの両脚もそれぞれ誰かの枕として使われているので、下半身は身動きもできない。頭痛で眠れない深夜、暗がりの中に頭をもたげて目を凝らすと、あたりは、死体の累々と折り重なる土砂崩れの現場みたいに見える。

四―（二）　待ちに慣れなきゃ

険しい山道を、トラックは夜を徹して這い登り続ける。朝飯は買っておいたビスケットだ。ほかの人々も自分たちの荷物からてんでに食料を取りだし、簡単に済ます模様だ。昼近くなって、稜線が鋭く輝くのを見晴らす峠のてっぺんに到り、停止。幌を巻き上げ、全員外によろめき出る。仰ぎ見る太陽は近くまぶしいが、空気は頬の突っぱるような冷ややかさを湛えていた。Tシャツ四枚の重ね着でも肌寒い。こちらから向こうへと幾重にも層をなす山々は、かすかに赤味・黄味がかった乾いた色の草に、ところどころ薄く覆われている。道のふちから石を蹴落としてみると、忘れた頃に底に着いた響きが返ってくる。深い谷だ。普通に歩くと動悸がするので、幽霊みたいなそろそろ歩き、ゴースト・ウォーキンをしなくちゃならない。道ばたに細く細く水が湧いているのを誰かが発見し、全員並んで自分の水筒に水を汲む。チベットの山中に来ても、行列。

ところが、トラックはなかなか出発しないのだった。そういえば一台足りない。後ろを走っていた四台目の車が、まだ来てないのだ。故障でいつの間にか落伍してしまったらしい。

二時間たってもまだトラックの登ってくる土煙は見えない。が、よくあることなんだろう、誰一人文句を垂れない。ゆうべ寝足りないグループは荷台に戻ってグーグーやってるし、その他は太極拳ごっこをやってふざけている。誰もが辛抱強く待つことにすっかり慣れているのだ。

断崖に立って鼻水をすすりあげていると、先頭のトラックの運転手が、ごわごわしたヒツジの皮の外套を持ってくる。手マネで着てみろ、というので腕を通してみると、おそろしく重い。着ているだけで息が荒くなってくる代物だ。レスラー養成用の外套なんてものがあるとしたら、それがまさしくこれだ。むろんチベッタン・スタイルだから、僕は日本人としては一七〇センチという平均的な背丈なのに、指先から一〇センチ先が袖口で、裾はずるずる引きずってしまう。胴回りときたらアンと二人で入ってもぶかぶかで、あがき回ったすえとうとう外套に着られてしまった図を、まわりは見て笑っている。その代り堅牢このうえないことは確かで、この服というよりは簡易住居みたいなものの中にいる限り、雪嵐だって平気だろう。内側はすえた皮革特有の匂いがした。

昼を回り、僕たちは道ばたに坐りこんで、昼飯に朝のビスケットの残りを食べる。

「こんなバカげた待ちなら、歩いて行くほうがマシだわ」と連れが不満を述べる。唇の端にビスケットをくっつけたまま。彼女はどんな種類のでもとにかく、待ちというのが大嫌いなのだ。許可証の期限の件を別にしても。反対に僕は、何かを待つのが嫌いじゃない。好ましいといってもいいくらいだ。優柔不断の身にとって待ちというのは、言ってみれば執行猶予に相当する気がする。何を執行されるのか、よくはわからないが。

「ほんとに、のほほんとしてるのね」と彼女はぷりぷりして言う。

「じたばたしたってしょうがないじゃないか、こんなところで……ニッポン人ていうのは、もっとせっかちだと思った？」

「そうね、……せっかちっていうんじゃなくても、とにかくいつも動き回ってる、疲れを知らない人たち、って印象があったわ。デュッセルドルフにちょっとした日本人街があるんだけど、そこの人たちもそんな感じ」

僕はそこデュッセルドルフで、日夜がんばっている商社マンたちのことを思い浮べる。なんだか遠い世界のことみたいだ（実際ここからは遠いが）。一致団結して懸命に働く同胞、ニッポン人。それだのにこっちときたら何の因果でか、山の中で腹をすかし、トラックが来るのを待って日が暮れようとしている。

実際、日が暮れかかってきた。きっと故障が直らずに新しいクルマを買う算段で手間を食ってるに違いない、と思いかけたとき、がたがたトラックがやって来るのが見えた。（それまでに通りがかった車といったら、丸太を積んだ反対方向からのトラック二台きりだった）。後輪が二つ同時にパンクしたためお手あげとなり、一方を予備のと取り換えてそろそろとバータンまで戻り、直してきたのだという。荷台でふて寝していたアンにこのことを説明してやると、あきれ果ててモノも言わない。あと三月《みつき》も中国にいたら、彼女は発狂してしまうだろう。いや、それともすべてに慣れてしまうだろうか。

夜更、ゾガン（左貢）着。寒々しい木賃宿に転がりこむ。

五　どこまで行けば

明け方、あまりの空腹に目が覚める。胃がきりきり痛む。電気がつかないので暗がりの中でザックに手を突っこみごそごそやっていると、連れも起きだしてきた。四枚残っていたビスケットを、口もきかずに分けて食べる。一五秒で食料は尽き、浮浪者みたいな気分だ。

朝八時、宿の食堂によろけこみ、唯一のメニューである何も入ってない饅頭と米のスープを、むさぼり食う。まだ湯気が立っているというだけで、すっかり嬉しくなってしまう。

こうやってありついてみると、食いものの有難みがわかるというものだった。調理後六分たった製品を捨ててしまうハンバーガー・ショップの君臨する国が、海を隔てて隣にある。もっとも、食物はただ目立ちやすいだけで、その国の人々は全生活にわたって濫費につぐ濫費を径路づけられ、停まったら倒れる一輪車みたいに駆け続けているありさまなのだ。後戻りなんて誰も考えてみはしないし、後戻りを主張するムキは資本の論理に抹殺される。そしてまた、この巨大な国でも隣の国に近い地域では、人々はモノに殺到しようとしている。将来僕たち誰もかれもが、きっと手痛い代償を支払わなくちゃならなくなるだろう。

やっと人心地がついて思わずほほえみかわし、アンの提案に機嫌よくしたがって散歩に出てみることにする。

近くには長い石の橋があり、そのたもとには交番みたいな木の小屋があって、中で老いた番人が一人、椅子に腰かけていた。僕たちが橋を渡るのを注視している。橋の途中で立ち止まって欄干から下の流れを眺め下ろしてみると、肩から銃を下げたまま飛んできて、何事か注意する。もうメモ用紙は使い果していたから欄干を指でなぞって、「何か悪いコトでも?」という漢字を並べると、こっちへ来い、と橋のたもとまで僕たちを連れ戻す。そこには見落していた立札が傾ぎ立っていて、かすれた字で次のようにあった。

〈警告。橋の下を覗きこむな、写真を撮るな、付近に長いこと留まるな〉

なるほど。橋や鉄道は軍事機密に属するものだった。見るなと言われるものを見たいのが人情とはいっても、橋の下にはただ川が流れているだけだったから、そのまま引き返す。職務に忠実な老警備兵。

成都からの道のりに比例して、食物が貧しくなってくる。昨日は一日ビスケットをかじっていたわけだが、今日食堂で食べるものもあまり違いはない。窓口における生存競争に遅れをとるから残りものにしかありつけない、などという以前に、モノ自体がないのだ。

何が食べられるのか手っとり早く知りたいときや、こっちの希望を伝えるのがもどかしいときには、頼めば厨房に入れてくれる。もっとも、厨房師の虫の居所がいいときの話だが。

ところがそこにあるのは、米と、木耳、わらびみたいな山菜、ときには小ぶりのじゃがいも、よくて毛の残った豚皮くらいのものだ。とうとうラサにたどり着くまで、肉はもちろん、卵にさえお目にかかれなかった。野菜の不足はビタミン剤で補えても、タンパク質はどうしようもないので、成都からラサのあいだに、僕たちはめいめい五キロずつ体重を失くすことになる。麦こがしとバター茶が主の食事で、チベットの人々はどうやって体力を維持してるんだろう。昔から土地柄、野菜が不足がちなのは事実だが、肉類は配給制になっていて大衆食堂にまで回ってこない、という事情でもあるんだろうか。亡命チベット政府日本代表のペマ・ギャルポ氏は、〝解放〟前のチベットは貧しくても餓え死にというのはなかったが、今はそれが珍しくない、と嘆いていたが、ラサまで僕たちは物乞いには出くわさない。本当にいないのか、こんな場所に来ても実入がないから来ないのか、わかりかねたが……。

部屋でボールペンを取りだすと、インクが漏れだして外側がべとべとになっている。気圧の関係というよりも、長いこと体にくっつけて持ち歩いていたからだろう。僕の頭もこのボールペンみたいに中身が流れだしそうな具合だったのが、今は少々ましになっている。

何もかもに、慣れていくものだ。

「ね、この町でももひきを買ったらどう?」とアンが提案する。「ジャンパーは売ってなくても、下着ならどこかにあるはずよ……今から行ってみましょうよ」

寝台に仰向けに転がっている僕は、

「いや、次の町にしよう……もう動きたくないよ。橋のとこまで行っても、店なんて一軒も見えなかったじゃないか」

夕方、ゾガンを発つためトラックに乗りこんだとたん、あっと息を呑む。日本人がいる、と思ったのだ。三人の紳士が、隅っこに押しつけられるようにして坐っていた。一人は五〇歳くらい、エンジのジャンパーを着て眼鏡をかけている。あと二人は初老で、チベット外套ではない黒っぽいコートを着て、いささか汚れてはいるもののチェックのマフラーをしている。残りはみんなそろって深緑の人民服を着た漢族の若者たちだったから、ぱっと目についたのだ。……が、日本人であるはずはなかった。教育を受けたらしいチベット人だ。そういえば七〇年前チベットに渡って仏教を学んだ学者多田等観は、チベット人に接すると日本人とチベット人との先祖は同じに違いないという直感が働く、と書いていた。

トラックは出発する。何でわざわざ辛い夜を選んで走るのかというと、むろん用心のためだ。人目につかなければ、調べられる率もそれだけ少なくなるわけだった。この三人のチベット人のほかに、新たに二人の漢族青年が増えたので、中は昨日に増してのスシ詰めだ。運転手はこんな状態だっていうのに、見さかいなく人を乗せる。当局に見つかりさえしなければ、結構な裏収入になるらしい。

四台の車を連ねて走っているので、故障の確率はひどいものになる。昨日は幸い、山頂での五時間待ち以外には、小さいトラブルが一、二回にとどまったのに対し、今日は、半時間おきに四台のうちのどれかが故障を起こす始末だ（昨日の長時間走行がうまくいきすぎた反動だ、どこかで釣りあいが取られなくちゃならないのだ、と僕たちは考え、胃を痛めたりしないようにする）。とりわけ先頭の車のオイルフィルターはもはや使いものにならず、ひっきりなしに掃除するという手段しかないのだった。どの車も予備のフィルターなんか備えてないからだ。エンジンオイルはもはや、コールタールさながらの有様なのだ。おかげでフィルター・クリーニングに関する彼らの腕の向上は著しく、最初三〇分かかっていたのが、十数回のトラブルを経たのちには一〇分弱にまで縮まったものだ。

故障で停まるたんびに僕たちは荷台から外へよろめき降り、足腰を伸ばして、三人のチベット人と僅かばかりの世間話をかわした。二人はたどたどしく、あと一人はかなり流暢に英語が話せた。僕の文法はこのへんになってくると廃虚同然のありさまで、貧しい語彙を拾い集めたブロークンもいいところだった。が、それでも、アン以外の人間と口頭での話ができるということでほっとする。彼女にしても同じだろう。うまくいってくれなきゃどうしようもないような状況にあって、僕たちはまあまあうまくいっていたけれど、それでも彼女はこっちが不機嫌になって口数が少なくなったりすると、とたんにその理由を質したがるのだった。今日はあなたは悪いムードを持っている、いったいなぜなのか、と彼女は詰問する。いや、別に、ちょっと考えごとをしてただけだよ、と言っても、そんなはずはない、なにか不愉快なことがあるくせに、と食い下がる。きみがそんなふうに何でもうるさく言うからだ、とは言えなくて憮然としていると、何でも思っていることは言うべきよ、わたしはノイローゼのニッポン人がたくさんいるのを知っている、などと訓戒を垂れる。邪悪の源たる闇の存在を、許しておけないらしい。じっさい、彼女の不満の表明はひどく率直かつ強硬なので、ときどき憔悴してしまう。隠遁、というコトバが頭をよぎることさえある。けれども、何でも議論でカタをつけようと努める人々にとっては、権利を守るために厳しい主張をするのは当然のことなのだ。よかれあしかれニッポン人の生活を昔から規定していた、黙っていても隣人がめちゃくちゃなことをする気遣いはない、という気分がなしくずしになってきた今、僕の国は極度の緊張社会になってしまった。若い世代に属している僕自身にしたって、依然過去のそういう脈絡の中にある心の動きをしている、というのが見えてくる。何でも口に出してしまうならたちまち阿鼻叫喚の世界が展開する、という怯えと、黙っているばっかりに起ってくるいろんな摩擦……否応なしに〝西欧先進国〟の方針へと道をつけられてきたニッポンだから、いろんなギャップに悩むのも当り前なんだろう。

僕はそのニッポン人としては、どっちかといえばよく喋るほうだ。カモクなニッポン人と道連れになった日には、彼女は地獄で苦行でもしてるみたいな気になるに違いない。

風景は相変らず赤茶けて、不毛だ。ぎざぎざに尖った純白の岩が丘の上に連なっている、という異世界的な景色も展開する。いきなりここに放りだされたら、冥途の世界と思ってしまうだろう。将来、外国のロケ隊が入って、『スター・ウォーズ』シリーズの撮影にでも使いそうなところだ。このだだっ広い地の下には、金鉱やレアメタルを始め溢れんばかりの鉱物資源が眠っているとはいうのだが。

夕日に照らされた岩肌に、ときどき人の頭より大きい穴が開いている。

「あれは何の穴か知ってるかい？」と連れに尋ねると、

「中国ライオンの巣穴でしょ」といいかげんな返事。

「いや、もっと危険なものの穴だよ」と僕。「公安局の見張り穴さ」

六　夜更の通過

日が落ちて、宿場町に立ち寄り、御飯と山菜の油炒めの夕飯を済ませると、また出発。今度は夜が更けても横になるわけにはいかない。脚を伸ばすなどというはかない希望は粉砕される。みんな坐っているのがやっとなのだが、もたれかかるものがないので、うとうとして前後左右に傾ぐたんびに、ぶつぶつ言われ小突かれ押し戻される。

深夜、モーローとしていると、トラックを停める声。チェック・ポストだ。眠っているやつが寝言を言いかけたので、まわりが一斉にそいつの口を押えつける。しっ！　鋭くささやきあいながら、外の気配を窺う。今度の検問はいやに長い。こっちの運転手とひとしきりのやりとり。深夜のことで検問員はヒマを持て余していたんだろう。僕たちは全身を耳にしてじっとしている。三〇人の中国人がおよそ五分間にもわたって沈黙を守っているという状況は、ギネスブックものだ（と、連れに言おうとすると、おそろしい顔でしーっ！と睨みつけられる。欧米人がこわい顔をすると、まったくオニ同然に見える）。結局、積荷（僕たちのことだ）は調べられずに済み、通過。しばらく行って、幌の穴から覗いてみると、照明灯を下げた兵士が、ロープをゆるめて太い木の遮断柵を下ろしているところだった。

故障で停まっても、誰も外に出ない。なんとか這いだしてみたところで、再び元どおりに入りこむスペースを見つけられるかどうか、わからないからだ。疲労が重なっているのでそのままだと持ち堪えられそうもなく、僕たちは苦肉の策を発明する。かわりばんこに一時間ずつ、お互いをクッションにするのだ。何かのパフォーマンスでもやってるみたいな恰好で、一時間ずつ相手の下敷きになって呻吟しながら、次の町に早く着くことだけを願う。

七　事故とダイビング

正午、半死半生で邦達（ホーダン）着。地図上の予定だと朝方には着いてもよさそうだったのだが、今度は僕たちのトラックが四回にわたってエンジンを焼けつかせ、延べ三時間ばかり立往生したのだ。それでも走ってこれただけ幸運というものだが。

僕のほうはむろん、アンもそろそろ参ってきていて、夕方まで二人とも一歩も外に出ない。寝台の上にぶっ倒れたままだ。成都で貯めこんだ体力の貯金はもうとっくに底を突いて、元本まで食いこんでいる。このままのペースだと倒産に追いこまれるのも遠くない。そうなったら公安局に会社更生法を申請しなくちゃならず、過去の悪業がみんな暴かれる。

えらいことだ。

「ちょうど半分くらい来たのね、それでも」

連れが腹這いのまま、ぼろぼろになった地図を眺めて呟く。こっちはあまりに消耗していたので、一〇〇〇マイルを行く者は九八マイルをもって半分とすべきだね、と慎重なるニッポンの諺でイヤがらせを言ったりもする。

脈をはかったら八八あった。彼女は断言する。

「安静時で八八ということは、明らかに高山病よ」

じゃきみはどうなんだ、と彼女のもはかると、八四だ。おんなじじゃないか。

僕たちは不安に陥り、車に乗りこんでから出発までのあいだに、まわりの人々の脈を片っ端からはからせてもらう。みんな七〇前後だったので（ここに暮す人たちなのだから当然なのだが）、ますます不安が募る。これ以降、暇さえあれば脈をはからないではいられなくなってしまった。

出発は僕たちのトラックだけだった。あとの三台のトラックは用事があるらしくて、ここにとどまる模様だ。

邦達を出てしばらくすると、雨になる。三人のチベット人はもちろん、やたらに賑やかだった漢族青年たちも、ときたまぼそぼそコトバをかわしあうだけになった。一同溜まった疲労に目も虚ろ、半眠半醒だ。夜半、雨は激しくなり、幌のあちこちにあいている穴やほころびから水が滴るようになった。運悪くそうした穴の真下に位置する人々は、ときどき腕を持ち上げ、幌に布きれを押しあてて水を吸わせると、縁の近くにいる人をつついて手渡す。渡された人は冷たく水を含んだやつを、幌のあいだから外へ絞ってやる。

けれど一時間もたたないうちに、中はシャワー室同然になってしまう。もはや誰も口をきかない。荷物みたいに黙りこくって、文字どおり湿っぽく揺られている。山道にさしかかってエンジンはときおり苦しげに咳きこむ。また加熱しなけりゃいいのだが。

不意に、全員一緒くたになって前方に投げだされた。

最初、てっきり当局の抜き打ち検問だと思った。けれどこんな山の中のこと、山賊の襲撃だと思い直した。おっかなびっくりで幌の端をめくってみると、急停車させたのは道のまんなかに横たわった樹だとわかる。公安だの山賊だのじゃなくて幸いだ。カーブを曲ったところでこれを発見して、急ブレーキをかけたというわけだった。総員車を降りる。ヘッドライトに照らされた樹は、モミらしい針葉樹の大木だった。道の縁まで土砂が押し寄せている。崖の中腹から、土砂に根こそぎにされて押し流されたのだ。総がかりでかけ声をかけ一〇センチずつ引っぱり、道路脇へ退かす。そういえばあたりの様子は、闇を透かしてみるまでもなく、昨日までと一変しているようなのだった。

「なんだか不安だわ」アンがささやく。「崖っぷちでさっきのみたいな土砂崩れが来たら、おしまいよ……ね、運転手に、明るくなるまで運転をやめるように言って」

こっちはほかの人びと同様、濡れねずみで歯の根が合わないざまだから、取りあわない。一刻も早く、この峠を越えて次の町までたどり着かないことには、肺炎になってしまう。で、返事もしないでいると、

「じゃ、ここで私が大声でわめいて発狂したフリをするわ。そうすれば無理には進まないだろうから」

「やってみなよ」僕はつっけんどんに言う。「車から放っぽりだされるのがオチだね」

いっとき沈黙したのち彼女は、突然、

「ももひきを買わなかったのがいけないんだわ」ととんちんかんなことを呟く。彼女によれば、

もし僕が今乾いたももひきをはいて暖かくなっていたなら、自分の意見を素直に受け入れただろう、とのことだ。

「そんなことあるもんか」とこっちは震えつつも言い返す。が、今しがた、乾いた暖かいももひきが手に入るのなら一〇〇〇円ほどはたいたっていいと思っていたところなのだ。

そのとおり、たかがももひき一枚で感情が左右されるというのは、事実には違いない。が、それを指摘されたことですっかり気分を害する。

「くたびれ果てて病気になっても、いきなり死ぬことはないわ」連れは主張するのだった。

「だけど大きい土砂崩れに襲われたら、一巻の終りなのよ」

「昼間走れって言ったって、運転手が聞くもんか。だいいちこのトラックは、何度もここを通ってるに違いないんだから、任しとけばいいんだ」

「運を天に任すようなもんだわ」彼女はあくまでごねるものの、その間も車は、山道を這い登り続ける。「あぁ、こんなトラックに乗りあわせたばっかりに、土砂の下敷きになって死んでいくんだわ」

少しでも早くラサへ着こうとしていたのは誰だ。それに、チベットで死んでも悔いはないなどと成都で宣言したのは誰だったか。そんなことはすっかり忘れて、彼女は僕のおかげで自分が哀れな最期を遂げるだろうことを嘆くのだった。

空気が薄く食事が貧しく体調がよくなく前途が定かでなく疲労が重なってくると、普段なら笑って済ますようなことが、血まみれの抗争と化してしまうことがある。このことを、ある登山家の本で読んだのを思いだした。その本のなかでは、登山隊の隊員の体験談が語られていて、なんでもベースキャンプまでは和気あいあいで来たのに、ビバークが三日続いたら、隊長が、表で用でも足してくるかな、といったことを呟くだけでテントのなかは乱闘寸前の状態になり、フォークがなくなったというようなことだけで、もう少しで隣の男の首を絞めそうになった隊員もいたそうだ。危ない危ない。

で、こっちはコメカミに青筋を立てながらも、にっこり笑ってすべてを聞き流すんだ、と自分に言い聞かせる。

それにしても、だんだん状況は悪くなるみたいだ。

しばらくして彼女の興奮がおさまり、ゆくえを運命の手に委ねる気になったらしいので、僕たちは妥協策（?）を編みだした。〝状況〟に人格を与えるというゲームを試みたのだ。

ひどいことをする者は、その理由をあらかじめあるいは事後見つける。ひどいことをされるほうも、その理由をなんとか見いだし、自分が気紛れな力に屈してむざむざそういう目に遭うのじゃない、ということにする。でないとバランスがとれない……人は神だの宿命だのを動員して、何にでもまっとうな理由をくっつけたがる。人知の及ばない何物かの論理なり力なり慈悲なりが、つねにあまねく働いているのだということ……だがこうした弱い人間の傾向を精一杯罵りまくったアンの国の哲人は、とうとう狂ってしまった。

「成都からのがたがたバスはきつかったけど、曲りなりにも坐ってこれたわ、座席に」

「直行バスがとうとう見つからないっていう妨害はあったけど、結局あれは〝状況〟が、こっちの意志の強さをちょっと探ってみたんだな」

「康定で期待してなかった両替ができたわね……親切な女の子を差し向けてくれて」

「だけどそこで油断さしといて、理塘じゃ宿を追いだされた」

「でもすぐに、気の毒に思ってまた親切なチベット人を寄こしてくれたわ」

「ところが乗物はとんでもないのをあてがってきた。ぎゅうぎゅう詰めの密航トラック。……こうしてみると、なんだかもてあそばれてる感じだな。またきっと〝状況〟のやつ、げっそりするようなことを起すぞ」

「でも、またすぐに救援を送ってくれるんじゃないかしら」

云々。

そして、そのとおりになった。雨脚は少しばかり弱まり、うんうん言いながらぬかるみを這いずって半時間、不意に車体が左に傾き、動かなくなった。エンジンを最大限にふかし後退を試みるものの、ますますタイヤが埋まっていく気配だ。エンジンがついに止まったのを夢うつつに聞いて身を起し、濡れそぼった体を引きずって外に這いだす。

大騒ぎ。車は崖っぷちにいた。左側の前後輪がともに、ゆるんだ路肩を崩して落ちかかっている。崖の下の暗みに流れているらしい川の音が聞える。それほどの高さはないようだ。が、あたり一面は土砂の海だった。ひと抱えほどある岩もいくつか転がっている。上から崩れ落ちてきたんだろう。

暗闇のなかで、復旧作業が開始される。トラックは、むろんのことスコップだの何だのの道具類なんか備えてはいない。僕たちは舌打ちしながら、手でタイヤの周りの土砂を掻きだしにかかる。運転手の間抜けめ……。

いつのまにか、小雨はみぞれに変った。小一時間作業を続けたにもかかわらず、全然進展はない。それどころか事態はいっそうひどくなっていくみたいだ。エンジンをかけて脱出をはかるたんびに、ぬかるみは捕まえたタイヤを絶対に離すまいとする。みぞれで手と耳がちぎれるように痛む。このおそろしく意欲をそぐ労働にすっかり嫌気がさして、一人、二人と現場を離脱していく。懐中電灯で照らすと、しばらく行ったところに大樹がそびえていて、怯えた家畜の群れみたいにその下に寄りかたまった人々が、肩を丸めてこっちを透かし見ている。泥だらけの手を樹の幹になすりつけているのもいる。今や黙々と働いているのは、運転手とその助手、それに三人のチベット人紳士と、数人の漢族青年だけになった（連れは唯一の女性ということで、労役を免れて運転席にいた)。

出しぬけに鈍い地響きがしたかと思うと、上方、闇の深みから岩が大量の土砂を道連れに転がり落ちてき、トラックのフロントをかすめて、重々しく下の川へとなだれこんでいった。直径一メートルはあるやつだ。あんなのに一撃されていたら、無事じゃ済まなかった。一挙に局面は緊迫する。アンも、事態が抜きさしならないことになっているのを感じて、運転席を飛びだしてきた。それ以降、不気味な音が上のほうでするたび、安全そうな方めがけて避難するはめになる。深夜の高山で崖崩れにおののき二〇メートル全力疾走すると、平地で二〇〇〇メートルの駅伝に出たくらい消耗する。動悸は一五分はおさまらない。くそっ。

〝状況〟のやつ、面白がってるな。悪意でやってるとしか思えないじゃないか……。

時刻は午前二時を回った。夜中に誰もこんなところを通りかかりはしない。通りかかるとすれば、解放軍の辺境警備隊という一番まずい相手だけだ。〝状況〟は今度はその警備隊を差し向けるつもりだろうか……向こうへ行っていた人々も、状況を見てぽつぽつと戻ってくる。火の気もないんだから、樹の下にいたって仕方がないのだ。僕たちはやり方を変え、岩の断片を掻き集めてタイヤの付近に敷きつめてみる。鉄板のヘルパーが二枚あったなら、一分で脱出できるものを。

その最中に、闇を揺るがす響きが起った。かなりの岩が転がってくる気配だ。てんでに逃げだそうとした、そのときだった、アンがパニックに見舞われたのは。彼女は二歩三歩、跳びすさり、止める間もなく崖っぷちから姿を消した。

八　いちばん長い日

ゆらゆらする火影のそば、積み上げられた薪の上に、パスポートだのしわくちゃになった許可証だのズボンだのが広がっている。ズボンからは、もくもくと白い湯気が立ち昇る。壁板の破れたところから、外が吹雪いているのが見える。空はかすかに白んできている様子だった。

僕たちは疲労と安堵で長いこと口をきかなかった。二人ともめいめいの寝袋にくるまって、ダルマストーブの炎を見つめ、ぱちぱちいう音に耳傾けていた。爪の先には泥がくい込み、まだ手足には感覚がなかったものの、ありとあるものへの感謝の気持で一杯だった。

「崖から下を透かし見たとき、もうダメだと思った……なんにも見えなかったからね」

「わたしだって……だいいち、水底まで沈んで尻もちをついたんだもの。これでおしまい、すべての終り、って思った」

「僕も思ったよ……短いあいだだったけど楽しかった、ああ、さよなら……だけど二秒もたったら、白いジャンパーがじたばたしながら浮び上がってくるのが見えた」

「それで、そばにいたあのおじさんとあなたが飛び降りて、助けてくれた」

「本当はためらったさ、もちろん。寒かったしね……だけどもしきみが自力で助かったときに、こっちはどんな目にあわされるかわからないだろ」

　彼女はぷりぷりし、僕はストーブに薪をくべ足す。（このとき、奇妙なことを思いだした。彼女がダイビングしてから数秒後に彼女の名前を叫んだのだが、そのとき気にかかったのが、〝アナマリア〟の〝リ〟の発音がLではなしにちゃんとRになっているか、ということだったのだ。異常事態には随分と変なことを思うものだが、このことは彼女にショックを与えそうだったので、黙っていることにする）」

「だけど、よく川にはまらなかったものね」

「そう、後ずさりしてから、思いっきり遠くへジャンプしたんだ。盲滅法で。おかげで岸ぎりぎりのとこへ着地できた。たぶん、走り幅跳びの自己最高記録を更新したんじゃないかな」

「脚、痛めなかった?」

「少しだけひりつく感じかな、アキレス腱が」

「でも、いったいなんでわたしが飛び込んだと思った？」

「暗い崖下を見下ろしてた最初の二秒間、この無謀なダイビングに関して、僕は三つの可能性を考えた。まず、きみが突然発狂してしまったんだということ、もう一つは、こんな待ちに飽きて、頭の先から足の先まで洗う気になったんだということ、そしてあと一つは、暗闇の中に当局の姿を見つけたんだと……」

「わたしは、崖が段々になってるとばかり思ってたのよ……それで、岩が落ちてくる音がしたとき、隠れようと思ったの」

「だけどそこには、何もなかった。ただ落っこちていくだけ」

「ほんとに真っ暗だった……奈落に落ちていく感じだったわ」

「だけど僕には、真っ暗だったからよかったんだ。昼間だったら、とても飛び降りる気になれなかったろうよ。高いとこは苦手なんだ」

「何でも苦手なのね」

けれど実際のところ、真に重要なことは、みぞれの中みんなが手分けして、山小屋を捜しだしてくれたということだ。誰も彼も泥だらけでびしょぬれでくたびれきっていたにもかかわらず、彼女を支えてくれ、誰かがまだ水のしみ通っていない自分の外套を脱いで着せかけてくれた。そして幸運にも、現場からたまたま半キロも離れていないところに見つかったこの小屋に

料金受取人払郵便

大阪北局
承　認

2424

差出有効期間
2021 年 12 月
1 日まで
（切手不要）

郵 便 は が き

553-8790

018

大阪市福島区海老江5-2-2-710

㈱風詠社

愛読者カード係 行

ふりがな お名前				明治　大正 昭和　平成　年生　歳
ふりがな ご住所	□□□-□□□□			性別 男・女
お電話 番　号		ご職業		
E-mail				
書　名				
お買上 書　店	都道 府県　市区 郡	書店名	書店	
		ご購入日	年　月　日	

本書をお買い求めになった動機は？
1. 書店店頭で見て　2. インターネット書店で見て
3. 知人にすすめられて　4. ホームページを見て
5. 広告、記事（新聞、雑誌、ポスター等）を見て（新聞、雑誌名　　）

風詠社の本をお買い求めいただき誠にありがとうございます。
この愛読者カードは小社出版の企画等に役立たせていただきます。

本書についてのご意見、ご感想をお聞かせください。

①内容について

②カバー、タイトル、帯について

弊社、及び弊社刊行物に対するご意見、ご感想をお聞かせください。

最近読んでおもしろかった本やこれから読んでみたい本をお教えください。

ご購読雑誌（複数可）	ご購読新聞
	新聞

ご協力ありがとうございました。

※お客様の個人情報は、小社からの連絡のみに使用します。社外に提供することは一切ありません。

導かれてきた僕たちは、ぬくぬくと火にあたっているのだった。もしここを誰も見つけてくれなかったなら、今頃は肺炎と凍傷にかかっていたはずなのだ。ああ、親切な人びと……。

一時間ほどして、数人が迎えにきてくれた。開いた板戸から雪が吹きこんで、ストーブの炎を唸らせる。何と、トラックが動けるようになったとのことだ。何の道具もなしに、いったいどうやって道へ戻したのか。信じ難いことだ。こっちが労役を免れていたこの数時間のうちに、彼らはひと月分の苦労を重ねたに違いない。

午前五時、空はすっかり白みかけるところだった。暖を取らせてくれた猟師にお礼をして小屋を出、現場に戻ってみると、たしかにトラックは道のまんなかにあった。崩れた路肩のあたりに掻き集められた岩の破片だの木ぎれだのが散乱して、一夜の苦闘を物語っている。それと、あちこちに、素手で掘り返された泥が。

降りしきる雪の中を、出発した。

昨日までの赤茶けた風景は一転して、そそり立つ荒々しい針葉樹群と、中腹まで雪をまとったぞっとするほど険しい峰々に変わっている。山林は、ちょっとニッポンにはない異様な迫力を帯びていて、人を峻烈に拒んでいるという感じだ。初めて見る処女林というやつだろう。トラックは、崖の中腹に刻まれた細い道をのろのろ行く。荷台の縁から下を覗きこんでいた漢族青年たちが、見ろ見ろとつつくので、縁から見下ろしてみると、はるか下方にのたうつ蛇みたいな青白いすじが見える。何だろうと思って揺られながら身を乗りだしてみると、それは河なのだった。目にも止まらない早さで体を引き戻す。崖下三千丈とはこのことだ。ここから落っこちたら、谷底までたっぷり一分はかかりそうだ。眠気も吹っ飛ぶ。昨夜あんなことになったのは天の配剤、〝状況〟の用意してくれたむしろ幸運なアクシデント、という気がしてきた。何も見えない夜中を、昨日の調子で飛ばしていたら……アンの危惧は、まっとうだったのだ。ところどころ、根こぎにされて上から転がり落ちてきた大木が道をふさいでいて、退かし退かしながら進む。寒い。何度かエンジンを焼けつかせながらトラックは峠を越え、ゾーモー（札木）に滑りこんだ。

宿によろけ入ると、全員が帳場のストーブのまわりに固まって、しばらく動けない。僕も連れも、互いの目の下にクマができているのを発見する。パンダになってしまった。運転手と彼の若い助手にいたっては、無表情に目が坐ってしまっている。誰の服からも、もうもうと湯気が吹き上がる。

いちばん長かった一日が、終った。割り振られた部屋に入って、死体みたいに寝台に横たわる。洗面器に貰ってきたお湯で黙々と体を拭いていた彼女が呻いたので、首を向けると、腰から尻にかけて二〇センチはありそうな青あざができていた。

九　それでも事態は動き

翌朝早く、木の廊下をどたどた歩き回る音、喧しく話す声、笑い声に起される。廊下の端っこにいるのらしい友人に呼びかける大声も聞こえる。午前五時、中国人たちのほうは早くも元気を回復しているみたいだ。ねぼけまなこで脈をはかると八四、連れも同じ。こっちは昨日の事件に加えて、ここ一週間ぜんぜんタンパク質を摂れていないこともあって、できればあと三日は起きたくないという、爽やかとはほど遠い気分だった。

アンを救うために労を厭わなかった彼らには、いくら感謝しても足りない。が、それとこれとは別。

「くそっ」僕は仏頂面でこぼす。「朝っぱらからいったいどうなってんだ、あの精力ときたら」

中国人にはひょっとしてプライバシイという観念がないのじゃないか、と思う。二等列車や宿の大部屋での経験では、僕の起床は、ことごとくまわりの人びとの騒ぎによってもたらされたものだ。が、寝ているのを起された他の漢族を観察してみると、誰もぶうぶう言うわけじゃないし不満そうな顔もしない。別にどうってことない、あたりまえ、という様子。お互いさま、ということか。とても太刀打ちできない、驚くべきエナジイに気圧されもする。誰も漢方秘薬など服んでる気配はないので、ただこういう活力なしには勝ち残れないということなのだが。

ほんとなら、トラックの出るのを見送ってしばらく静養したいところだった。が、そうなるといつ次の町への乗物をつかまえられるかわからないので、仕方なく、置いてけぼりを食わないように仕度する。それにこのへんにいたら、痩せ衰えていくばっかりだ。

本格的に起されて外に出てみると、宿の正面の山はすっぽり雪をかぶり、純白の綿アメみたいな霧が低くゆっくり流れている。空気は薄くても、肺を貫き通す清烈さだ。

六時半、慌ただしく出発。運転手は昼間走ることに方針を変えたらしい。昨日のトラブルにすっかり懲りたんだろう。よかったよかった、と僕たちは喜びあう。わたしのケガの功名よ、と連れは嬉しそうにしている。実際これで、無残な墜死を遂げる可能性はぐっと減ったというものだ。たとえ公安局に見つかったとしても、くたばるよりはましというもの。

トラックのなかの漢族青年の一人は、日本国トーシバ製の古いカセット・レコーダーを持っていて（広州を通じて香港から流れてきたのだと言う）、ときどきエンジンに対抗しつつボリュームをいっぱいに上げ、ひび割れた音でもって歌謡を流す。どっかで聞いたことがあるな、と思ったうち一曲は、『北国の春』の中国語バージョンだった。アアフールサトへ、カエロカナ……いくらかなりと懐かしさを覚えるはずのこのメロディーは、あまりにも荒々しくひとを圧倒する原生林の風景の中じゃ場違いで、浮き上ってしまう感じだ。

「靴がいかれちゃったわ」というアンの声に、見ると、彼女のスニーカーは片方の脇に大穴があき、もう一方も大破しかかっている。ここまでやっとのことで彼女の無鉄砲につきあってきたのだが、昨日の事件に至って限界がきたのだ。よくもったもんだわ、ドイツから、と彼女はしばし感慨にふける。僕も心から同感する。けれども、ここでお払い箱にするわけにはいかない。たぶんラサまで、代りが手に入らないからだ。誰かが細い麻紐をくれたので、それでぐるぐる縛っておくことにする。

このトラック旅行のあいだに、じつにいろんなものが失われ、あるいはぶっ壊れていく。ペンだの、本だの、カメラだの、薬だの、時計だの、靴下だの、体重だのと。僕なんかまだ被害の少ない方だ。タフでなくっちゃ生き残れない。三時間のあいだに四回オーバー・ヒートを起して車内にキナくさい臭いが立ちこめても怯まず走り続ける、中国製トラックの強靭さのゆえんだ。

数人が、退屈しのぎに戯れ歌らしきものを歌い始めた。はしばしでどっと笑いが起ったりするその雰囲気からいって、どうも男のあいだでのみ歌われる類の歌らしい。むろん中国にだって、ビニ本はなくても（あるいは、ないだけ）こういう歌はごまんとあるのだ。アンの方は、なんにも気づかないで興味深そうに聴いている。彼らがあんまり面白そうなので、ついに彼女は僕に、これはいったいどういう楽しい歌詞をもったコミック・ソングなのか彼らに聞いてみてほしい、と言いだした。で、紙切れにその旨書きつけて示すと、くすくす笑いのうちに、『情歌』と題して想像どおりの内容の歌詞大意が書きこまれて返ってきた。なるほど。これを正直に彼女のために翻訳してやると、全五行のうち三行目にして彼女はやっとコトの次第に気づき、今度はかんかんになって怒りだす。

「あんまりだわ」彼女は呻く。「レディーの目の前で、そんなひどい歌なんて」

きっとこっちを睨みつけ、もう二度とそんなけがらわしい歌を歌って喜んだりしないよう、彼らに断固要請して、と命じる。気にするなよ、どうせきみには中国語なんてわからないんだし、となだめると、そういう考えの人とはこれ以上一緒に旅をすることはできないから、ここで降りて歩いてラサまで行くことにしたい、とのたまう。でも外国人にたいして敵愾心を持ったチベット人に出会ったらひどい目にあうぞ、と脅かすと、それでもここでそんな歌が歌われているのを耐え忍ぶよりは、チベットの土になった方がましだと思う、と頑張る。土でも岩でも好きなものになったらいい、だけどドイツにだって、こんなのがあるはずだぜ、と言うと彼女は、とんでもない、という顔をして、こんなあきれた歌なんて聞いたこともないわ、とぷりぷりする。あたりまえだ。どこの世界に、女の前でこういう歌を披露するばかがいるもんか。とにかく、せっかくの彼らの楽しみをやめてもらうには忍びないので、紙に「彼女はこの歌がひどく気に入ったので、遠慮せずにどんどん続けてほしい、と言っている」と書いて示す。けれど、みんなにやにやしてもう歌はやらない。アンの顔で察しがついたのだ。もし再開したら彼女には、今度のは無邪気で愉快な正真正銘のコミック・ソングなのだ、と言うつもりだったのに。

夕方、ポーミ（波密）に夕飯のため立ち寄る。ここで一泊かと思ったら、間髪をおかず出発する、とのこと。どうやら遅れを埋め合せようというつもりらしい。が、昨日までの遅れをすっかり取り返そうと思ったら、ここからは新幹線なみの速度で走らなくちゃならない。

車に乗りこんで出発、というときになって、騒ぎが持ち上がった。チベット人の老婆が、無断で乗りこんで来ようとする。どうやらラサを目ざしているらしい。マニ車は持ってないが、巡礼のようだ。荷台の縁からすでに半身を突っこみかけている老婆と乗客とのあいだに、押し問答が始まった。ただでさえぎゅう詰めのこの場所に、タダ乗りなんか入れられるか、という様子で、漢族の若者たちが外に押し戻そうとする。ところがこの老婆には文字どおり後ろ楯がいて、近親らしいその屈強なチベット人の中年男は、何かを喚きながら、ムリやりこっちに押しこんでしまった。いったん入りこんでしまった者をまさか外に放りだすわけにはいかないので、みんなぶつぶつこぼしながらも、騒ぎにはケリがつく。この間、騒ぎに気づいているはずの運転手は、エンジンの調整に忙しくてこっちに来ない。彼にしてみれば、無銭乗者が一人乗りこんだところで得もしないし損をするわけでもないから、放っといて成り行きに任せておいてもいいわけなのだ。

〝解放〟後だいぶ長いあいだ、中国当局は聖地ラサへのチベット人の巡礼を禁じていた。それでも巡礼はなくならないので、業を煮やしてラサ市内の巡礼者たちを捕え、貨物トラックに詰めこんでめいめいの故郷に送り返したという。するとそれが、帰路はタダで乗り物に乗れる、という噂になってますます巡礼が増えたとのことだ。人々にしてみれば、亡命中のダライ・ラマのはからいで漢人たちが車を用意してくれる、と思ったのかもしれない。チベットは世界最後の神政国家だったのだから。文革の始末がついた八〇年代に入ってからは、むしろ当局側は、信教（布教ではなく）の自由を認める方向に動いているわけだが……。

走り始めた直後、チベット人紳士のうちの一人、英語のよく話せるロブサン氏が、突然僕に告げた。

「しまった、パスポートを前の町の宿に忘れました。あれがなくては……取りに戻らないと」

こっちは驚いて、氏の顔を見る。

「パスポート？……あなたは、チベット人じゃないんですか？」

「むろんです。わたしはチベットで生れ育ったチベッタンです……けれど、国籍はネパールになっている」

僕たちは事情を了解した。一九五九年、ダライ・ラマの亡命を追いかけるようにしてインドやネパールに脱出した人々のうちの一人が、ロブサン氏だったのだ。氏ら三人は、故国チベットに里帰りしていたわけだった。中国では見かけないタイプのコートを着ている理由がわかった。幌のあいだから顔を出して運転席に叫びかけ、走り始めた車を停める。中国語を知らない彼に代って、紙に、この人は大事な忘れ物をして前の町に戻るから、別のトラックに掛けあってみてくれないだろうか、と書きつけて運転手に見せると、よし、と運転手は力強く頷いた。深夜、運転手のヘマに文句一つ言わないで、雪と泥まみれになりながら黙々と立ち働いていた人々のうちの一人がこの人だったことを、覚えていたのだ。出発をちょっと延期して、僕たちはほかのトラックを探しに出かける。二〇分後、さすがは長距離ドライバー、ちゃんとバータンへ向かう途中の、丸太を満載したトラックを見つけてくれた。交渉の結果、ロブサン氏は幸運にも、助手席に━丸太の間ではなしに━乗って行けることになった。あとの二人は今までのトラックで旅を続け、ラサで合流するという。僕たちは未だ見ぬ太陽の都での再会を約して別れる。こっちのトラックも逆の方向へと出発する。

アンが自信なさそうに話しかける。

「ここは今、中国の一部よね」

「そうなってる」

「でも、あの人は中国語を話せないんでしょ？」

僕は頷いた。中国がチベットを併合したのは、かつてニッポンが韓国に行なったと同様の〝侵略〟にあたるだろう。少なくとも、ハングルを読み書きできない異民族が、隣国を領土にするのが不正なら……これは、中国がチベットを領土に組み入れることの非正当性のあかしになるだろう。

むろん中国側は、漢人とチベット人が異なった民族だということは認めている。がしかし、当時の古色蒼然とした封建主義の圧政に喘ぐチベット人民を解放する、という大義をもって、チベット全土は中国に掌握されたわけだった。

「一対二〇〇」と僕は呟いた。

「何のこと？」

「時のチベット軍は一万人足らずだったんだ。それも、軍隊なんていえる代物じゃなかったらしい。長いこと、ひっそりと鎖国状態だったんだからね。それに対して国境に張りついてた中国軍は、二〇〇万だったっていうよ」

彼女は首を振る。

「小錦とスモウを取るみたいなものさ、僕が」

「コニシキ？」

「……マイク・タイソン」僕は言い直す。「タイソンとリングに乗っけられたとしたら、どうなると思う」

それならわかる、というみたいに相手は頷いた。チベット軍はあっという間にリングから叩きだされ、場外で長いこと失神していた。それからようやっと立ち上がると、そのへんの小石を拾っては、リング内の猛者の尻にぶつけてみたりしているのだ。判官贔屓というわけじゃなくても、印象としてはそんなことになる。

まだ七割以上が文盲という四〇〇万チベット人民が、中国による併合をどう思っているのか、チベット語のできない僕には直接知るすべはない。散発的に起る僧侶らの〝反乱〟を、チベット人たちは〝決起〟ととらえるのかどうか。あれこれ、人々の様子から推しはかってみることができるだけだ。

〝状況〟が次にどんなトラブルを仕掛けてくるか、と戦々恐々としている二名の外人を乗せ、人民満載のトラックはオーバー・ヒート騒ぎを繰り返しながらも、長い夜を這い抜けていった。

一〇　三分の二

バーイー（八一）に到着したとき、僕は上を向いて歩いていた。鼻血がこぼれないように。途中で止まらなくなったのだ。連れはこの出血を、高度のためというよりビタミン欠乏のためだと言い、ビタミンCをたっぷりよこす。彼女は薬嫌いのビタミニストで、毎日いろんなビタミンとミネラルを山ほど呑みこむのだ。じき昼だったけれど、僕も彼女もそのまま宿の寝台にもぐりこんで、夕方、空腹に突き上げられるまで眠りこむ。

夕方、よろよろと起きだして宿の近くの食堂に出かけると、ここにはぬるいビールがあった。ああ、何だかんだ言っても、もう三分の二も来たじゃないか……ビールでも飲もう……。

「やめといたほうがいいわ」と彼女の諫め。「まだ脈も普通になってないんだし、鼻血も出てるのに。軽いっていっても高山病の症状は治ってないんだから」

「かまうもんか」と僕。「ここでビールがあるのに飲まないでいるくらいなら、チベットの土になったほうがましだよ」

「それじゃ、わたしもつきあうわ」と相手は覚悟を決めたみたいに言う。飲みたかったのだ。

ビールは『拉薩啤酒』、ずいぶんと臭みのあるやつだ。中国では地方地方でそれぞれのビールを醸造しているが、ビールは『上海啤酒』と『青島啤酒』がいちばんうまい。漢族青少年の、何でも上海製が最高！というブランド志向じゃないが。値段は二元ちょうど、下界にくらべて二倍以上だった。運賃のせいで、何でもだんだんと高くなる。

「三分の二」アンはぬるいビールの入ったコップを眺め、感傷的に呟く。「峠は越えたわよね」

「もうじき夏になるよ」と僕は言う。

「ね、もしわたしがラサにつくあいだに、高山病で倒れたらどうする？」

彼女は顔を上げて、とろんとした声で訊ねる。

「背負って、下界に降りられるんだけどね。も少し軽かったらさ」

相手は不満げな顔になって、

「じゃ、どうするのよ」

「屈強なポーターを雇って」僕は答えた。「穴を掘らせて、埋める」

例のごとく、いつのまにかまわりに、チベットの人びとがちらほらと集まってきていた。ここの人たちは、白（元の色は）のヒツジの革の丈の長い外套を着こみ、袖を通さずに懐手をしている。テーブルのそばに突っ立って、にやにやしながらこっちの一挙手一投足を観察する。アンもこんな注視にはだいぶ慣れたらしいものの、それでも尻の坐りが悪いことには変わりない。そのうえここにも、木耳を油炒めしたやつしか惣菜がないので、早目に引き上げようとしたら、ポーミでムリやり乗りこんできた婆さんが食堂に入ってきた。彼女は厨房へ行き、どんぶりに一杯の飯を貰ってからあたりをきょろきょろ見回して、居心地のよさそうな隅っこのテーブルに行くと、手づかみで食べ始めた。

「ああ、あのお婆さんはバーイーに住んでるんじゃないんだわ」

「そうらしいね……やっぱりラサまで行くんだろうか。でも巡礼には見えないけどね」

「おかずをあげなくちゃ」とアン。「わたし、持ってくわ」

アンが皿におかずを整えているあいだに、老婆はこっちへやって来た。僕たちが彼女の話をしているのがわかったのだ。汚れに汚れたチベット服を幾重にも着こんで毬みたいに着ぶくれた彼女は、にっこりしながらどんぶりを差しだす。アンも微笑み返しながら、飯の上におかずをみんな乗せて渡した。

弱っているのと空気が薄いのとで、コップに二杯のビールで足元がふらふらする。地面をちゃんと踏みしめている、という感覚がない。明日はちょっと出歩いて栄養になるものを物色しなくちゃ、ラサまでもたない気がしてくる。

宿に戻って荷物の中をごそごそやっていたかと思うと、連れは小さいハサミを取り出し、差しだした。

「いいこと考えたわ……髪を切ってちょうだい」

切ってみんなにプレゼントするつもりかと思ったら、襟足を短くして地味なスカーフで包むのだ、という。なるほど。人だかりも土埃も防げる、一石二鳥のカムフラージュだ。

寝るときになって、しくしくと奥歯が疼きはじめた。ああ、虫歯は前もってぜんぶ治しとくんだった……不機嫌になって井戸端へ出向き、たっぷり五分かけて歯を磨く。

「ふだんからちゃんと磨いてない報いだわ」説教好きが訓戒を垂れる。「あなたのを見てると、歯磨きはいつも三〇秒じゃないの。痛くなってから熱心に磨いたって、遅いのよ」

あたりまえだ。そんなことはわかってるさ。だけど磨かないよりはちっとはマシというものだ。そりゃ誰かみたいに、いつも三分かけて念入りに磨き、きっちり五回はうがいをすれば文句はなかろうさ。僕はおっくうがってうがいさえ二回しかやらない。練り歯ミガキの味が残っていても、ぺっぺっと唾を吐いてお終いにする。でもそりゃこっちの勝手だろ。

ああだが、この忌わしい疼きだけはやっぱりたまらない。これからはヒマさえあれば歯を磨きまくることにしよう、と熱心に決意する。けれど決意するのは簡単で、それも手遅れになってからなのだ、たいがいは。ちょうどヘビイ・スモーカーが一生のうちに一〇〇回も禁煙を決意し、結局は肺ガンで昇天するみたいに。

一一　テンション・アット・バーイーⅠ

ええっ、そんな……と僕たちはのけぞる。あくる朝集合場所に赴いたところへ運転手は、出発が三日後あるいは四日後、ないし五日後になった、と宣告したのだ。昨日一一人が降りて、ここからラサまではやっと楽になったと思ったら、そうは問屋が卸さない。商売熱心な運転手は、あらたに二〇人ほどを掻き集める魂胆なのだった。

延期はかまわない。三日が三〇日になったところで、もはやたいした違いはない（という心境に僕は到っていた）。けれど、連れのラサへの入域許可期限はあと二日、僕自身のにしたってあと五日だった。今日、それも午前中に発つのじゃなければとうてい間に合わないのだ。

というわけで、アンは泣きだしてしまう。こっちは彼女の涙を初めて見たので、しばしそれに見とれる。ところが彼女は、僕がぜんぜん慰めになるようなことを言わないので一五秒で泣き止み、涙を拭うと、絶対に乗物を見つけなくちゃ、と決然と立ちなおる。

午前中二人してこの小さな町中を駆けずり回ったものの、おもわしい成果は得られない。ラサへの交通がないわけはないのだが、いつどこからそれが出るのか、誰も知らないのだ。

宿の服務員に尋ねても要領を得ない。いずれにしてもはっきりしたのは、今日はもうラサへ向けて発てそうもないということだけだった。いったいここの人たちは、どうやって隣町と往き来してるんだろう。巷にささやかれるように、当局は軍事と木材伐採のためのみに道路を整備したので、住民の足は古来のヤクや馬に任せたままでいるのか。

とぼとぼと部屋に戻り、寝台の上に鬱々としてへたりこむ。もう冗談を言ってる場合じゃない。どうしてこう次から次へと困難が降りかかってくるの、とアンは嘆く。〝状況〟のやつ、さんざんいたぶっておいて、ここで一気に潰しにかかる気なのかもしれない……。

「ちょっと眠るといいよ」僕は彼女に勧めた。「午後になったら、状況が好転してないとも限らないし（午後になって好転しても遅いのだが）」

口もきかず失意のうちに眠りについたアンは、半時間後に目覚めると、驚くべき発案をする。

「打開策が見つかったわ。バータンで駐屯地に行ってみたとき、連隊長は、私たちがもし香港人なら乗せてやれたのに、って言ったんでしょ？」

「え？　うん、まあ……」彼女はよからぬことを企んでいるらしい……まさか、僕に香港人に化けろなんて言うつもりじゃないだろうな……

「香港人に化けるのよ」と彼女は勢いこんで言った。僕はがっかりして、

「じゃきみは？」

「あなたの妻になればいいわ」

「でも僕は中国語が話せないんだぜ」と反対すると、

「あなたはカンジが書けるんだから、口のきけない香港人に成りすませばいいのよ」

「でも、パスポートは？　これだけはごまかしがきかない」

「そうね」彼女は思案する。「荷物の奥深くしまいこんで、なくしたことにすればいいんだわ……」

それにしても、よくこんなときに冗談をいう元気があるものだ、と思ったら、彼女はまったく本気なのだった。得意満面、こっちをせきたてて仕度にかかる。

「さ、そうと決まったら早く行かなくちゃ」

けれど僕が激しく難色を示したので、この案は結局お流れになる。さすがに、一人でも行くとは言わない。どだい、パスポートをなくした口のきけない香港人とそのドイツ人の妻が、チベットのまんなかで軍隊をヒッチハイクする、という以上に不自然な状況があるだろうか。公安局にすぐ直行というのがおちというものだ。彼女のこの破れかぶれの案を聞かされたせいで、またまた鼻血が出てくる。

「ああ、もうおしまいよ」と連れは涙ぐむ。

夕方になるまで彼女はじたばたして過ごし、こっちはそれをなだめすかして過ごした。「あなたはわたしが逮捕されてひどい目に会っても、何とも思わないのよ」彼女はすすり上げながら主張するのだった。「その証拠に、いつだってのほほんとしてるし」

「いや、そうじゃない、そうじゃないけど、ただ、鼻血が……」

実際のところ、僕は許可証のことより、ビタミンC剤の大量摂取にもかかわらず五時間おきにやってくる、この鼻血の方が気がかりだった。彼女は神経質になりすぎているのだ。

被害妄想というコトバさえ浮かぶ。他のことではかくも勇ましく楽天的な彼女の、この怯えようはどうだ。

「いいえ」僕をさえぎって決めつける。「わたしなんかどうなってもいい、って思ってるに違いないわ。あなたの期限はあと五日なんだから、自分はなんとか間に合うと思ってるのよ……」

僕は、自分が事態の打開にそれほど熱心じゃないのは、きみみたいに被害妄想にはかかってないからなのだ、と説明する。今の中国の方針は西側との全方位外交で、中日友好、中独友好、なのだし、たかがこんなことでひどい目に会うとはとても思えない。ところが相手は、被害妄想という用語にすっかり憤慨してしまう。僕を東側国のおそろしさを認識していない甘ちゃん呼ばわりし、ありったけの罵りを浴びせかける。いったい誰がつねづね彼女の尻拭いをしてると思ってるのか。僕は運命のはからいにより彼女の夫でなくてほんとによかった、と心から思う。もしそうだったなら、一年以内に廃人と化しているに違いない。とにかく不気味な鼻血で気が立っていたせいもあって、今度という今度は猛烈に腹を立てる。それでなくても、高地じゃ人は逆上しやすくなるというのに。で、こんなふうに言ってやる―きみが何でもかんでも反対するのは、人をやりこめることで自分を支えようって腹なんだ。おとなしくしていたら自分の中心ってものが石鹸みたいに溶けてなくなっていく、と勘違いして。そんなことにさっぱり気づかない人間につきあわされるこっちのメイワクも考えてみなよ。とかなんとか。

彼女はきわめて疑い深そうな顔つきで、こっちの言い分に耳傾けるふりをしたのち、こうおっしゃる。

「そんなふうに自分の意見を言うのは、いいことよ」

僕は寝台から起き上がって部屋を出ざま、後ろ手に力まかせに戸を閉めた。……とたん、右手の親指をイヤというほどはさみつけてしまう。叫び声を押し殺しながら、散歩に出かけるほかなかった。

一二　テンション・アット・バーイーⅡ

眠れない夜を過ごしたのち起きだし、疲れがいくぶん回復したことで元気を取り戻す。事態は変ってないが。脈拍八四、連れも同じ。

明日は期限切れ、もうじたばたしても仕方がないので彼女もあきらめた模様だ。お互いケンカをしてもろくなことはないと気づき、イライラするのをすべて空気が薄いせいにして、友好関係を修復する。

ラサでの勾留といったたぐいの不吉な想像を脇へのけて、洗濯を始めることにした。川から運ばれてきてドラム缶に汲みおかれた水は貴重なので、洗濯物をザックに詰めて川を目ざす。こうなったら、時間だけはイヤっていうほどあるのだ。人びとが立ち止まってじっと視線を送ってくるのを無視しながら、土埃の舞い上るだだっ広い通りを抜け、途中から潅木の散らばる土原を一時間ほど歩いて、川のほとりに行き着く。流れの速い川は浅く、ひどく澄んでいて、痺れるほど冷たい。ほとんど氷水だ。むろん見渡すかぎり人っ子一人見えないので、まず体を洗濯する。土の膜のかかった体を拭いたタオルを絞ると、薄茶になった水が果てしなく溢れる。

「これで心配ごとがなかったら、どんなにすてきでしょ」

雲の影はなく風は乾き太陽はしんしんと輝いていて、まったくもって絶好の洗濯日和だった。洗濯物は山とあった。何もしないことが至上のゼイタクになってしまった時代にとって、半日かけて太陽のそばで洗濯するなんて、およそ優雅な時間の使い方なのじゃなかろうか（ニッポンでだって、洗濯に費やす日曜日の数時間というのはある。けれどそれはもっぱら蛍光灯の下、コイン・ランドリーの前でなのだ）。僕はいいかげんに、そしてアンは徹底的に手間をかけて、Tシャツだのパンツだのを水にひたして洗濯する。洗い終ったやつを手近の潅木の枝に引っかけると――彼女は周到にもプラスティック製洗濯バサミを用意してきていた――、昼まで岸辺で日光浴をする。こんなにまともに日にあたるのは久しぶりだ。光は、肉の落ちた身体のすみずみにまでしみわたった。アンの腰にはまだダイビングの痕跡がなまなましい青あざとして残っている。そういえば彼女は、ずいぶん痛いだろうにそのことは一言も言わない。からかわれるだけだと思って、黙ってるのかもしれない。そのケナゲさにちょっと感心したりもする。

「ね、ラサにはいつ頃着けるのかしら」と相手は話しかけた。

「心配しなくていいさ……秋が来るまでにはきっと着く」

すっかり乾いた洗濯物を抱えて帰る途中、道のないところを来たうえどこもかしこも土色の似たような景色だから、例のごとく道に迷ってしまう。きっとこっちよ、とアンは断言し、主導権を握ったことで意気軒昂、滝木のあいだをどんどん先に立って進んでいく。そっちは見当違いの方向じゃないかな、とは思っても、こっちはひどい方向オンチだから、発言を控えなくちゃならない。なにしろ高校のとき、通学途中で道がわからなくなって登校できなかったことがあるくらいだ。それにだいいち、こういう勇ましいときの彼女を止めるのは、尻に焼きごてを押しあてられた牡牛の疾走を止めるくらい難しい。

そういうわけで、ぜんぜん違う方角から宿に帰り着いた頃には、昼飯を食いはぐれていた。この国では、決まった時間帯をはずすと食べ物にありつけない。けれどそれが幸いして、近くの雑貨屋の片隅に埃を被っていた素敵なものを発見することになった。

アンがその棚の隅から発掘したのは、戦慄すべき年代もののグリーンピースの缶詰だった。あるじは骨董品集めが趣味らしかった。缶の外見の古さからいって、文革時代以降の製造物かどうか疑わしい。が、僕たちは西側資本力にモノをいわせて、そこにあった四缶全部を買い占めてしまう。すばやい行動こそここで生き残る道なのだ。

「食えりゃいいけどね」

「豆は豆だわ」とすっかり満足した様子で、連れはいとおしげに缶のラベルを撫でた。ああ、彼女だって「女は女」だった！　もっとも彼女に言わせればこっちだって「男は男」、いやもっとひどい感想を持ってるに違いないが。

「ああ」とまれその彼女は呻く。「タンパク質にビタミンB」

「それにミネラル」と僕がつけ加えると、連れは感極まったため息を洩らすのだった。確かに久しぶりの緑野菜、何だかもう半年も緑のものを食べてない気がしている。

夕方、食堂に出かけると、メニューはやっぱり酸っぱいじゃがいものスープと豚皮の油炒めだったので、飯だけとってさっそく缶詰を開ける。ふやけ色あせた豆だったがどうにか食べられる。

「明日は町中をまわって」豆を頬張った彼女は、子供みたいに顔をほころばせる。「グリーンピースの缶詰をもっと見つけなくちゃ。お宝探しよ」

一三　リラクシン・アット・バーイーI

翌朝、疲れが溜まりに溜まっているはずにもかかわらず、心配事を抱えていることで七時に目が覚める。どうやら、連れの不安にすっかり感染してしまったみたいだ。

食堂で白粥の朝飯を済ませると、散歩に行きましょう、とアンが誘う。彼女はトラックの中で漢族の青年の一人が、バーイーには〈世界一大きい樹〉があると言ったのを覚えていたのだ。僕にはそんな話を通訳で彼女に伝えた覚えはないのだが、ひょっとしたらそんなことがあったのかもしれない。何しろ消耗していたので、何一つ明断に覚えているものはない。

最初は、昨日洗濯に出かけた川の方角に歩いていく。あたりにはぱさぱさと丈の低い潅木が生えているだけなので、次にそこからはるか彼方に見える樹々の繁りらしいものを目指して歩き始める。ところが一時間歩いてみても、それはさっぱり近づいて来ない。最初は夢遊病になったみたいな気がし、次に当局の陰謀だ、と思う。

実際は、それはものすごい遠距離にあったのだ。まわりは低い草木以外に邪魔者のない平原だから、そんなに遠くないように見えただけだった。おまけに僕たちの歩みは、年とったカメなみの速度だ。さらに一時間たってそこにたどり着いてみると、それらは川っぷちにあったバオバブみたいな潅木とたいして変わらない高さの潅木なのだった。そばにはヒツジの牧場があって、チベッタンの牧夫が一人、いったい何だろ?という顔でこっちを見ている。僕たちは〈世界一の樹〉を探しているのだ、ということを伝えようとしたものの、それは至難の業だと悟る。身振りで「樹」を表現することさえできやしない。暗黒舞踏みたいになってしまう。思わず途方に暮れた顔をすると、向こうも途方に暮れた顔をするのだった。

考えてみればアンは、ずっとこんなコミュニケーション断絶の状態にあったのだ。僕は少なくとも、筆話で漢族とならば何とか意思を伝えあうことができる。彼女の場合はそれさえできないのだから、いろんな不安が増幅してしまうのはムリもないことだ。そしてその内圧に対抗すべく、立ち居振舞いがいささか攻撃的になってしまうことも。

などと考えて、彼女の口やかましさに対して腹を立てないですむ理屈を見つけようとしているうちに、元の方角がすっかりわからなくなる。

「なんてまぬけなのかしら、目印も決めとかないなんて」と彼女は聞こえよがしに呟く。

「ちぇ、みんな僕のせいってわけじゃないだろ」とこぼすと、

「ただの独り言よ、気にしないで」

半時間かかって柵伝いに牧場を半周ほどしてみても、むろん五メートルより高い樹は見あたらないし、それどころか最初に牧夫に出会った地点もわからなくなる。牧場の廻りをぐるぐる回り、さっきの牧夫に何度も出くわす。そのたんびに僕たちと彼とは、途方に暮れた眼ざしを交わしあわなくちゃならなかった。初めに僕たちが会ったのはどこですか、と身振りで尋ねてみようとして、それもやっぱり不可能だと気がつき、危うく逆上してしまうところだった。どこもかしこも、似たような乾いた潅木の茂みだらけなのだ。白一面の雪山では、こんなふうにして遭難が起るに違いない。

この魔の牧場を離れ、集落にぶつかることに成功したのは、昼から夕方になりかかる頃だっ

た。ところが、再び出てきた鼻血のために鼻にタオルをあてがいながら（チベットの小さい町では、ちり紙は手に入らない）着いたそこは、バーイーの町ではなかった。とんでもない遠回りをして、隣村に出てしまったらしい。仕方がないから、バーイー、バーイー！と喚いて、集まってきた人々の指さす方角へ、白茶けた道をたどって行く。〈世界一の樹〉は見つからなくても、もはや疲労のあまり、憂いの種をすっかり忘れてしまうくらいだ。

ロブサン氏にばったり再会したのは、夕方のことだった。出発後八時間目にして帰り着いた宿の帳場のダルマストーブのそばにへたばり、脚をさすりさすり湯の沸くのを待っていたとき、入ってきたのが彼だった。ゾーモーの宿に保管されてあったパスポートを受け取り、うまい具合にその足ですぐさま、こっちへ向かうトラックをつかまえられたのだという。バーイーの宿はここだけだから、こっちが足止めを食ってまごまごしているうちに、追いつかれたわけだった。

「どうしてまた、ここに?」とロブサン氏。「私はもうみんな、ラサに着いた頃とばかり思ってましたよ」

「それが……」と僕たちは事情を説明する。「出発が延期になってしまって」

ついでに、アンの許可証の期限切れがほかならぬ今日であることも話す。

「そういうことなら」ロブサン氏は考え深く言った。「今から公安局に出向いて、そう申し出たほうがいい。私も一緒に行ってあげましょう」

そうだ、ろくな食堂はなくても、公安局だけはどんなちっぽけな町にもあるのだ。どうせ見つかるんだったら、先手を打って、こっちから出ていったほうがいいかもしれない……。

アンとしばらく相談して、こっちから出頭すれば、相手はきっといくらか手ごころを加えるだろう、と結論した。そこでロブサン氏に付き添われ、夕日さす道を、屠殺場に曳かれる牛みたいに歩いていく。

バーイーもやっぱり、土埃にまみれた低い建物の上に茫漠とした天空の広がる、とらえどころのない開拓の町、歩きまわってても手ごたえのなさにほとほとくたびれてしまう。それに今日はもう、八時間にわたって散歩したことだし。

捜しあてた拉薩公安局八一分局は、町のはずれにあった。

「しばらく待っていて下さい」と、ロブサン氏の説明を聞いたチベット人係官は奥に消えた。僕たちは愛想笑いをこわばらせて椅子の上で待つ。部屋は殺風景で、なにも乗っていない机と木の長椅子が一つだけ。壁には色あせて端のめくれたチベットの地図が貼ってある。連れは尋問の痕跡がないかどうか、あちこちに目を走らせてみたりする。

「だいじょぶでしょう」ロブサン氏は言う。「ラサで何事もないよう頼んでみます」

ロブサン氏の態度は自信に充ちていて、この人ならいつどんな状況だって最も紳士的かつ最善の行動をとれるだろう、と想像させた。いつでも人を安心な落ち着いた気分にさせる人こそが、本当のジェントル・マンたる資質をそなえた人だ、という気がする。こっちはといえば、そこから一〇〇年は遠いのでがっかりしてしまうが。

五分後にさっきの係とともに出てきたのは、中国人係官だった。中継点となるロブサン氏を中心にチベット語と漢語と英語とが交錯し、いろんな質問に回答する。

「何で成都から飛行機に乗らなかったのか」

「僕たちは飛行機が苦手なのです。彼女の（とアンを指さして）叔父さんも飛行機事故で死にました（これは事実）。それに飛行機でいきなりラサに着くと、高山病にかかると聞いたし

（これはもっともらしい理由）」

「どうやってここまで来たか」

「ローカル・バスを乗り継いで（これは偽り）」

「チベットは初めてか」

「もちろん（そんな何度も来れません）」

「まさか闇で両替なんてしてないだろうね」

「とんでもない（という顔を僕たちはする）」

等々、尋問という感じからはほど遠い、和やかな雰囲気だ。やがて女性係官も出てきたものの、

漢族係官から何か指示されたこのおばさんは、すぐ引っこむ。油断させておいていよいよ本物の尋問を始めるのだ、と僕はアンにささやく。けれど再び出てきたおばさんが持ってきたのは、盆に山盛りのアメ玉とお茶だった。ああ、ここは北京でもなければ上海でもないのだ……。

結局われわれは何の反革命的下心もない無邪気なツーリストであると認められ、係官は半紙に万年筆で、さらさらと何かしたためる。拝領して読んでみると、文書はラサ公安局宛になっていて、「このドイツ人女性は旅の途中で許可証の期限が切れたので、ここに出頭してきた。怪しい者ではないので滞りなく許可証を再発行されたし、云々」といったことが書いてある。末尾には付記として、「そのあと、じきに期限が切れる日本人男性も出頭するであろうから、速やかに再交付されたし」ともある。これをラサの公安局で菊の御紋よろしく（？）示せば、万事ＯＫということだ。

居あわせるすべての関係者に厚くお礼を述べ、握手して建物を出た。

「私たち、うまくいったのね？」とアンがおそるおそる確認する。

「いかなくってさ」と僕。「びくびくし過ぎてたんだよ」

「あんまりスムースにいって、こわいくらい」

「ああ、ロブサンさん、ほんとにありがとう。あなたがいなかったら、ラサで厄介なことになっていたでしょう」

「いや、正直に申し出たのがよかったのです」とロブサン氏はにこにこして言う。

ふと、ロブサン氏の気持はわかるような気がした。自分の祖国で、外国人が少しでも居心地いいようにしてくれようとする配慮……紛れもないチベット人である彼自身も、チベットを、外国人としてパスポートを持って旅行しているわけなのだが……。

宿に戻ると彼女が、さっきのカンジを並べた書付には何が書いてあるのか、と尋ねる。丸めた紙を広げて見せると、横から覗きこむ。で、僕は英語に翻訳して読んでやる、「このドイツ人女性はいろんなトラブルを引き起すので、ラサに到着しだい拘置し、厳しく処置すべし……」

一四　リラクシン・アット・バーイーⅡ

久しぶりに心おきなく、チベットの土みたいに眠ったので、目覚めたのは八時過ぎだった。アンに至っては、一〇時になるまでシュラフの中から出てこなかったほどだ。よっぽどくたびれていたんだろう。

彼女が起きてくるまで、日記を書く。この一ヵ月というもの、英語と中国語（ただし筆話）しか使ってないので、日本語に支障をきたしつつある。その危機感から、バランスを取るべく書きつけるコトバの量は膨大なものになるのだった。だいたいここでの三日分の日記は、日本での三〇日分に相当するくらいだ。何にでも首を突っこまずにいられない彼女は、ひまな折り、僕のぼろぼろの日記用ノートを覗きこんでは、中国語や日本語っていうのはフクザツな絵なのね、と感心したみたいに感想を述べた。ときどきは、いったい何をそんなに書いてるの、と聞くので、〝状況〟様、すてきな道連れを遣わして下さって僕はなんて幸せなんでしょう、と感謝のコトバを書き連ねているのです、と牧師みたいなことを答える。信用しないで向こうに行ってしまうが。

やがてその連れが起きだしてきたので、朝飯をとって元気よく洗濯に出かける。まだ目の下からはクマは取れないものの、ゆったりと幸福な気分だった。これでもう、いつラサに着いたってかまわないわけなのだ。恐いもののなくなった彼女だって、ブレーキの壊れたトラックみたいに驀進できるってもの。

「〝状況〟は、今度は僕たちに味方する気になったらしいね」

「あなたはこないだ、〝もてあそばれてる〟って言ったけど、こんな見方だってできるわ」アンは言う。「つまり、崖から落ちたときもわたしたちは急いでたんだし、昨日までだってずっとやきもきしてた。〝状況〟は、そんなに急ぎなさんな、っていうメッセージを送ってきてたのよ、ずっと」

なるほど。そう考えればつじつまはあう。少なくとも、〝もてあそばれてる〟という投げやりな見解よりは、積極的整合性とでもいった趣きをおびている。闇を許さないゲルマン民族の志向なんだろうか……などと社会学者と化しているうち、いつのまにか何本もの枯れた川床を横切って、川辺に着いている。昨日心なしか青ざめて見えた川面も、今日はさえぎるものもない陽ざしに銀色だ。

「川っぷちの石を見て！」彼女がびっくりしたみたいに指さした。「みんなまん丸だわ」

「そりゃそうさ。長いこと水に浸ってたんだから」

「それじゃ、水がごつごつしたカドを取っちゃったっていうの？」

今度は僕のびっくりする番だった。まるで小さい頃から学校に行かないで独学でもしてきたみたいに、彼女の知識はあまりにも偏っているようなのだ。

「小学校のとき、理科で習わなかったのかい？」

「そりゃ習ったかもしれないけど」とアン。「信じられないわ。水にそんな力があるなんて」

で、僕はいろんな例を挙げて、水というものが時間さえあればどんなにいろんなことをするものか、ということについて説明した。彼女は河原の石に関するその驚くべき無知を啓蒙されて、素直に感じ入ったようだった。見てたみたいに言うのね、などという口はきかない。後ろからせっつかれていないということは、人をこんなにも謙虚にするらしい。僕はついでに、人間もおんなじように、歳をとればこんなふうに丸くなっていくのだ、と知ったふうな説話をしようとしたものの、思いとどまる。代りに、

「そういう水みたいな巨大な力が、〝状況〟として僕たちを巻きこむこともあるしね」

「でも、不思議ね」アンはシャツをざぶざぶやりながら、「あなたがたは仏教徒なんでしょ？それなのに、すべては仏の導き、とは考えないの？」

「クリスチャンのきみだって、すべては神の御心、と考えないのかい？」と、僕は靴下を絞りながら答える。

　僕たちは漠然と、互いをある宗教に属しているものと思っていたことに気づく。ニッポンは仏教国として分類されてはいるものの、いったい何パーセントの人々が、本来のかたちで仏教を信奉してるというのか。インドで、スリランカで、バングラデシュ、タイで、ビルマで、アジアの至るところで僕は英語を話す人々から、きみは仏教徒なんだろ？と親しみをこめて尋ねられることになる。ニッポン人らしく期待される（と思われる）答えを否定するのが心苦しくて、いや、まぁ、うむ……となんだか歯切れ悪くそれを否定すると、じゃコミュニストなのか？という質問が返ってくる。アイマイに首を振り、コミュニストでもないし無神論者という

わけでもないのだけど、というと、相手は？？？という顔になってしまう。が、実際のところ、神仏があるとかないとか、論じることができるだろうか。決めつけることはできても。

そして僕たちがあらためて仏教徒かニヒリストか、などと問い詰められると困惑してしまうみたいに、カトリックとプロテスタント両方の圏内に入っている西ドイツにしても、事情はおんなじなのらしい。彼女も、教会と関わりをもつのは冠婚葬祭のときだけだと言う。こっちにも、〝葬式仏教〟に〝結婚神道〟という言い方があるのを思いだす。

洗濯物を潅木の枝に吊し終え、一昨日さらに一個見つけておいたグリーンピース缶を開けることにする。枯れた潅木を拾ってきて、小さい焚火を作る。そこに缶を放りこんでおいて熱くしようという寸法だ。

火の中でぐつぐついう缶をそのままに日光浴をしていると、なんだかざわざわしい気配がする。上半身を起した僕たちは、いつの間にかゾの群れに包囲されているのを発見した。

ゾというのはヤクとウシとのあいのこで、高地に適応したヤクの有用さとウシの頑丈さとを兼ね備えた家畜だ（ということだ。このことはあとでロブサン氏から聞いた）。ところがこっちみたいな単なる流れ者にとっては、ゾというのは、ヤクのおどろおどろしさとウシのずうずうしさとを兼ね備えたケモノにしか見えない（もっとも、おとなしく頚木をかけられて耕作に従事しているときの、けなげなそれは別だが）。もしこれがただのヤクなら、アメリカン・

バッファロー同様の獰猛な外見にもかかわらず、こっちが近寄ろうとしたってはるか手前で逃げだしてしまうだろう。あるいはもしこれがウシだったなら、人はよしよし、とその脇腹を叩いたりして通り過ぎて行けるだろう。けれどゾとなると……ふさふさと長い漆黒の毛足、前方に突きでた恐ろしい角、怒り肩、こういったヤク特有のすごみに満ちた巨躯が、ウシ特有の頑迷さをもって立ちはだかるのだ。

そのゾどもは、黙りこくって草をあさっている。けれどこっちが立ち上がろうものなら、じろりと一瞥を寄こす。フン、と鼻を鳴らすやつもいる。下手なことをしやがったらひと突きお見舞いするぜ、という雰囲気だ。ひと突きお見舞いされたら命はないから、こっちは死んだフリをしたままだ。向こうにはそんな気はなくたって、巨体の威圧感はただごとじゃない。

「あーあ。困ったね」

「どっかへ行ってしまうまで、日なたぼっこしてればいいじゃないの。もう急ぐことはないんだし」

「うん、それもそうだ……どうせなら当分このバーイーにいて、体調が万全になるまで骨休めしようか……毎日こうやって日光浴してさ。そのうち、トラックも出るだろうし」

静かだ。とりあえず急がなくてもいい、ということが、満ち足りた気分を醸している。そのうえ熱々のグリーンピースをじき食べられる、という至上の幸福感に浸り、二人ともしばし口を閉じていた。

だいぶたってからアンが、仰向けのまま、

「グリーンピース、煮えたかしら」

「まだだろ」こっちも寝そべったまま答える。「それにあいつらが見てるから、あんまり刺激したくないんだ」

と、そのときだった。いきなり銃撃を受けた、と思った。轟音とともに焚火が吹っ飛んだのだ。と同時に、驚いたゾどもが、一斉に地響きを立てて逃げだした。しばらくしてあたりが静まり返ると、身動きできないでいた僕たちはこわごわ身を起し、互いが緑の汁まみれになっているのを見いだす。今や事情は判明した。

破裂しちゃったよ、と言いながら体についた豆の破片をつまんで口に入れると、彼女はそのようね、と重々しく頷き、それでもさしてがっかりした顔も見せない。

こっちはゾどもが遠ざかるのを見送りながら、

「連中には気の毒したね」

「でも、おかげで、日暮れまで仰向けになってなくてよかったわ」

僕たちは、散乱した貴重なグリーンピースを拾い集め始めた。河原は見渡すかぎり、ゴミ一つないクリーンさだ。集めたやつを川辺で洗えば、ちゃんと食える。

「わたしね」作業中の彼女が、不意に口を開いた。「離婚したの」

離婚。

その瞬間、さまざまなことが、ボタンがパチンと音を立ててはまるみたいにして、はまった気がした。

僕は手を止めて、

「結婚は、いつ？」

「ひどく若いとき。……三年半しか続かなかった」

「三年半っていうのは……長いのか短いのかよくわからないな。僕には」

「いい結婚生活だとあっという間だし」彼女は説明した。「そうでないと、長いものよ……石の上で寝起きしてるみたいに」

石の上にも三年、というあまり意味のないコトワザが思わず口にのぼる。

「石の上っていうけど、火や氷の上なら三分といられないでしょ」

「火の上にいたのかい、それとも氷？」と僕は尋ねた。しばらくの沈黙ののち彼女は、

「彼は火ね。わたしは氷の上」

ああ、このやりとりはなかなか文学的だ、と僕は思い、記憶にとどめておくことにする。

「で、子供はなかったのかい？……聞いていいかわからないけど」

「ううん」彼女はかぶりを振って、ため息をついた。「だって、もうじき放射能やなんかで滅茶苦茶になるわ、何もかも」

この女性は楽天的なのか、それともペシミストなんだろうか。僕はしばらく沈黙して、

「でも、デタントは進んでる……ＩＭＦだってなくなるんだろうし」

「フェイントよ、そんなの」と彼女は断言した。

確かに、軍産複合体がトップの首をすげ替えながらむくむく膨れ上っていく、というイメージはこっちにもあった。大戦は起るまい、少なくとも当分は。が、ちょっとした事故の、ないし誤認情報の連鎖が、ボタン戦争という結果になりやしないか。そうなったらどのみち、収拾のつきようのない最後の（あるいは最後から二番目あたりの）戦争になるだろう。数十分で終焉を迎えるだろうが……（注1）。

「スイッチの入った瞬間には、考えるひまさえないのよ。ちょうど、グリーンピースの缶のときみたいに……そんなことってある？」

「そりゃはずみってものはあるさね」と僕は認めた。「『核クラブ』は事実上、九ヵ国になったしね」

「それに、もう戦争が起る時代じゃないとしても、今度は環境汚染の番よ。どっちにしても、もう長いことないわ」

だから僕はのんびり暮すんだ、と言おうとしたとき相手は一瞬早く、

「だからそれまで、医学を学んでせいいっぱいのことをするつもり」

こっちは慌てて自分の考えを呑みこんで、そりゃ立派だ、と言った。

「ありがと。わたしがんばるわ。あなたは？」

「ええと、僕は……僕はまだ決めてないんだ」生返事をする。「若い日本人は、決めるのが遅いんだよ」

「そうなの」

「そりゃ、早いやつだっているけどね」

あたりは、あまりにも静かだった。世界の終末から一〇〇年たった頃あたりといったら、こんな具合なのかもしれない。できる限り救いだして洗った豆を、黙って胃におさめる。

それにしても、ラサはまだ彼方、なかなかたどり着けない。旧チベット王国の首都で、ダライ・ラマなき壮大な宮殿を擁する、というくらいしか知らないこの〝禁断の都〟のイメージは、どんどん膨らんでいくのだった。チベット高原の端っこやモンゴルからはるばるラサ目ざしてやって来る巡礼も、未だ見ない聖都にさまざまな思い入れを抱きながら旅路をたどるのだろう。

帰途、帰りのための目印にしておいたチベッタン・バオバブ・ツリー（?·）が見当たらず、結局また道に迷ってしまう。が、僕たちは悠然としていた。彼女も、いつもみたいに悪態をつ

く代りに、微笑みつきで先導をこっちに委ねたくらいだ。なにしろ、もう急がなくていいんだから……。

宿に戻ってしばらくすると、服務員が知らせを持ってやってきた。なんと昌都（チャムド）からのローカル・バスが午前中に到着していて、昼過ぎにラサに向けて出る、ということだった。

「行きたいところにできるだけ早く行く方法がわかったわ」としたり顔でアン。「急いで行く気は全然ない、それどころかできるだけゆっくりいかなくちゃ、っていう顔をしているの。そうすればあっという間に、そこに着くお膳立てができるのよ」

例によってぎゅう詰めのバスに、ロブサン氏たちとともに慌ただしく乗りこんで、バーイーを後にする。僕たちの乗ってきた貨物トラックは、今頃どこで人を集めているものやら。バーイーを発って三時間もしないうちに、がたがたバスは峠に達し、あたりはいつの間にか吹雪になった。さっきまでぽかぽか日光浴をしていたのが、別の季節だったみたいだ。

荷物の底から、ありったけのTシャツを引っぱりだして着こむ。シャツには日なたの匂いが宿っている。せっせと洗濯しといてよかった。

下りにかかるにつれて雪は消え、ふたたび荒涼と赤茶けた風景が開ける。痩せたヤクどもがあちこちにかたまって、貧しい草を食む。うとうとしていると、すぐ後ろの席のロブサン氏が注意を促す。窓の外、遠くの小高い場所に、崩れかけた日干しレンガの建物が目に入る。「破壊された僧院です」と氏は物静かに言った。以後チベットを抜けるまで、至るところで出くわすことになる、文革時代の痕跡だった。

途上、休憩の村では、集まってきた男たちはその半数以上が腰に、あちこちにジッパーのついた黒い革製のガンベルト様のものを巻いている。いったい何だろうと思ったら、貴重品入れらしい。どうも都市部から流れてきた流行のようだ。僕たちのウエスト・バッグと同じだ。若者は長く伸ばした髪を編んで褐色の顔の両脇に垂らしているから、アメリカ・インディアンと見まごう。その上に土埃で汚れたテンガロン・ハットみたいな帽子を被っているさまは、混乱した西部劇でも見ているみたいな気にさせる。

やがて低い灰色の石積みの家がぽつぽつと道沿いに現われ始め、夕暮れ、バスはメゾクンガル（墨竹工卡）に滑りこんだ。

（注1）僕たちはベルリンの壁同様、ソ連が自滅するようにして社会主義軍事大国としての脅威をなくしてしまうとは、思ってもいなかった。まだペレストロイカは始まっていなかったし、あのこわもて国家が破産を免れようとなりふり構わない援助を求めまくるとは、想像もできなかった。

一五　聖都入り

「散歩に行かない?」という、恒例の提案。「この裏の丘に登ってみましょうよ」

「散歩?……」とこっちはたじろぐ。彼女の〝散歩〟なるコトバが意味するのは、険しい山道を五時間ほどさまよいましょう、ということだからだ。いったいどこにそんな元気があるんだろ。地図でみると、ラサまではあと一〇〇キロそこそこだ。それを知ったとたん、どっと疲れが噴きだしそうな気配になってきたので、大事をとって動きたくなかった。それにバスは昼に出発するのだ。ところが、タフネスの化身みたいなこの女性は主張するのだった。

「ここでもしへたばったって、ラサで休養をとればいいじゃないの。もう目と鼻の先なんだから」

彼女の説得にもかかわらず、行事は辞退する。ほんとに弱っていたのだ。すると相手は、プンプンして一人で出かけた。朝だからどうってことはないだろう。スカーフで髪も隠してることだし(彼女はスカーフという手を編みだしてからというもの、いっそう大胆になった)。

メゾクンガルは乾いてはいなかった。むきだしのセメント床の上の寝台は、湿っぽいくらいだ。ひと眠りして寝台から這いだし宿の外に出てみると、広場の隅っこに、つい今しがた切りだされたばかりみたいによく匂う丸太が山積みになっている。あたりを囲む山の裾を、這うように霧が流れている。

一一時になっても連れは戻ってこない。昼を過ぎたら置いてきぼりを食ってしまう。いったいどこをほっつき歩いてるのか。

一一時半、荷物をまとめ終えて不安が頭をもたげ始めたとき、消耗した顔つきで彼女は帰還した。案の定、脚を引っかき傷だらけにしている。こないだスニーカーを縛った麻紐は、あと一〇歩歩いたらプツンと擦り切れそうなありさまだ。

「待った?」

「いいやちっとも」こっちは言ってやる。「何日も、ってわけじゃないよ」

これには答えず、僕があんなすてきなものを見るチャンスを逃したのは残念なことだ、と彼女は言う。どんなものだい?と聞くと、花よ、と言う。花なんか見るより寝てたほうがよかったからいいよ、という返事に、それがどのようにこの世のものならぬ美しさをもって芳香を放っていたか、を説明しにかかる。でこっちは、相手が道に迷ってさんざんな目にあい負けおしみを言っていることを見破ってしまう。何にしても、公安局に行方不明届を出すはめにならなくてよかった。

バスに乗りこむと、アクシデントがないかぎり今日中にラサに入れるということが、実感として湧き上がってくる。僕たちは何となく、互いの格好を鏡みたいに眺めあった。こんな案山子同然のなりで聖都入りをするのだ。知りあいに出くわさなきゃいいが。

「ここで焦っちゃいけないと思うわ」アンが忠告する。「早く早く、ってばたばたしてると、〝状況〟はきっとトラブルを用意するんだから」

「たいしたことはないだろ」と僕。「きみがまた、崖からダイビングすれば済むさ」

けれど本当のところ、いろんなことがありながらここまで来てしまうと、早くラサに着きたいんだかどうだか、一種曖昧な気分になってくるのだった。何だかもうどうだっていい、という感じだ。結局のところ、着くときにはちゃんと着くんだから……。

バスはこっちの思惑をよそに、うんうん唸り声を上げながら一本道を驀進する。揺られているうちに、昨日は鳴りをひそめていた鼻血が再来する。いったい何なのだ。一日おきにやって来る出血に脅かされて、やや気が滅入る。もう半分くらい血を失くした気になってしまう。

徐々に地形がなだらかになり、平らな黄土色の景色が開けてきた。

アンはこっちにもたれかかって眠っている。だから言わんこっちゃない。せっかく感動の聖都入りが目前だっていうのに、と思いながら、出血がなんとかおさまった僕も、いつの間にか寝入ってしまう。

次に目が覚めたのは、あぁ、と彼女が小さく叫んで肩をつついたからだった。
ラサだった。

一六　安息の日

ラサに太陽の都という別称があるのは、年間を通じて日照時間が世界一長いからだ。地上でいちばん太陽に近い都。昨日ラサのバス溜りに滑りこんだときには、午後六時を回っていたのだが、空は真昼の明るさで、バス溜りからはそそり立つポタラ宮殿の白い壁を見上げることができたものだ。

ラサの町は白い。年に一度、石灰で家々の壁を塗り替える習慣のせいだ。澄んだ空気がその白さを際立たせる。何ヵ月とかけて聖都にたどり着いた徒歩の巡礼たちの目には、まさしく天上界と映ったはずだ。

どうにか探し当てたこぢんまりした宿、『雪域旅館』の朝は、ヨーグルトで始まる。僕たちは夕方から朝の六時まで昏々と眠り続けたあとで、中庭にチベット人のおじさんが自転車の荷台いっぱい、広口瓶に詰めたヨーグルトを売りにきているのを発見する。ヤクの乳から作ったやつだろう。中国で新鮮なヨーグルトに巡りあえるのは稀なことだ。とりわけヨーグルトに目のない同宿のヨーロッパ人たち（彼らは飛行機で成都から飛んできたのだ）は、早起きして寝ぼけながら、ヨーグルト売りのおじさんを待っている。チベットチベットした極彩色に塗られた手摺りにもたれかかっていると、やがておじさんは音も立てずに中庭にやってきて、柔和な沈黙のうちに商売が始まるのだった。

ここは成都を発って初めての、宿らしい宿だ。ちゃんとシーツのかかっている木の寝台の上に荷物を広げ、半日かかって整理をつける。何もかも傷みに傷み、なかなか落ちそうにない汚れをこびりつかせている。なかでも、自分の体がいちばんひどい。かまどの上に沸かしたお湯を洗面器に貰ってきて、体を拭き始めると、湯はあっという間にドブ色に染まる。

連れが帳場から千枚通しを借りてきた。何をするのかと思っていると、ズボンのベルトに穴を開けるのだという。なるほど。こっちのもそうしなくちゃならない。ズボンは他人のみたいにぶかぶかになっている。

しばらくしてラサの地図を手に入れるまで気づかなかったが、この宿はジョカン（大昭寺）のすぐ裏にある。朝な夕な、乾いた空間を縫って届いてくる鐘の音は、このチベット有数の聖域からのものだった。朝から晩まで、いつ行ってみても寺の正面には大量に焚かれる線香の煙がたゆたい、五体を繰り返し地に投げかけて祈りを捧げる人びとで埋めつくされている。本気で願をかける巡礼者は、魚屋のつけるみたいな厚手のヤク革エプロンをつけ、両手には長方形の手袋をはめて、体がぼろぼろにならないよう用心している。五体投地は見る者をもくたびれさせる、文字どおりの苦行だ。そしてこの情景は、何世紀も変っていないのだ。

この古い寺を巡る八角街（バルコル）は、左回りの許されない回廊みたいな道になっていて、あえて人込みの中に頭から突っこんで左回りを試みる迷いヤギも、じき人の流れに押し戻されてしまう。流れに沿って小一時間歩くと、一周して元の地点に戻ってくることができる。道沿いには仏具屋、雑貨屋、服屋、土産屋が古ぼけた軒をせせこましく並べている。ヤクの骨や銀を柄に使ったチベット刀、古い鐘、装飾具なんかの掘りだし物を置いている古道具屋以外は、どこの店も成都あたりで大量生産された同じ規格のセルロイドのおもちゃだのアルミのスプーンだの飛びだしナイフだの粗悪なシャツだのを並べていて、それら貧しい商品は長年外に晒されているものだから褪色し、あるいはぎしぎしと砂を噛んだり錆びついたりして、古道具の厚み風格のかたわらで場違いな姿を見せている。武家屋敷のあいだの、築後一〇年のプレハブアパートみたいな感じだ。

ここはどうみても自由市場だった。が、売り手のほうはあんまり熱心には見えない。常にチベット全土の巡礼で溢れ返っているから、お互いしのぎを削るみたいなこともなしに呑気に構えている様子。

「ああ、でもモノがいっぱい」とアンは感嘆する。成都から二二〇〇キロ、何にもないところをずっと通ってきたのだから、こんな感想も当然のことだった。

「そうだわ」彼女は提案した。「今こそももひきを買いましょう」

夜店の縁台みたいなところに埃を被るままに並べられたシャツ、パンツ、ももひきの中から、チベットの空同様にまっ青なももひきを選びだす（といっても、どこの店にもそれ以外の色のももひきはなかったが）。価五元。インドの都市でと違ってベラボーな値を言われることはないから、値切らない。アンは少し前に紛失したアルミのスプーンを購入して、ささやかな幸福に浸った顔をした。

一七　幻惑する宮殿

あくる朝、目が覚めると、ノドがひりひりして唾が飲みこめない。首の付根のリンパ腺も腫れている。いたたた。ラサは、ニッポンではとうてい経験できない完璧な乾燥ぶりだ。乾期にはときどき、湿度が〇パーセントになる由。宿の服務員が一日に三回は中庭で汲んだ井戸水を撒きにきてくれるものの、水浸しにされたセメントの床は五分で干上がり、たいして意味がない。

朝食後、めいめい顔にタオルを巻きつけて、さっそくポタラ宮に出かける。砂塵がひどい。あちこちに工事現場があって、新しい建物が建てられつつあったり、道路が掘り返されたりしている。以前は至るところに馬糞人糞のたぐいの散らばる汚い聖都だったというラサも、今はあっけらかんとクリーンなのだった。

道行くチベット人女性は、特に奇妙な化粧はしていない。戦前から軍の特命をおびてモンゴル人になりすましチベットに潜入していた西川一三の本には、チベットの貴婦人たちはラマ僧を我知らず誘惑したりすることのないよう、お化け同然の化粧をして出歩いている、とあった。ひどい化粧をすればするほど敬虔な仏教徒のあかしになる、と。中国がチベットをそっとしておけば今もそのままだったかもしれないが、これは半世紀も前の話で、今はチベット人よりむしろ人民服姿の中国人女性のほうが目につくくらいだ。

茫漠と静かな大通りを歩いていくと、長々と庇を伸ばした市場があった。川魚だの鶏卵だのが賑やかに並べられている。そして、痛いほど目にしみる青野菜まで！……この活気はやっぱり自由市場のものだ。チベット自治区の別の地域だとお目にかかれなかったいろんなものが、ここに呼び寄せられている。かつてのチベット統治の中枢、ダライ・ラマの拠点だったこの都は、人口二〇万、今もチベット一の大都市だった。

そして、ポタラ宮。

ラサを訪れる人で、この主なき壮大な建築物を前に、感慨を呼び起されない人はいない。

圧倒的な広がりをもつチベットの空の下で、遠目にはメルヘンティックなおもちゃのお城にしか見えないこの宮殿も、接近するにしたがって徐々に威圧感を増し、ふもと（という感じがする）にたどり着く頃には、千数百年にわたって人々を平伏させてきたその重みが、じんじんと迫ってくる。目が染まるみたいな深い紺碧の空に、ポタラの分厚い白壁がくっきり浮きだしている。何層もにそびえ立つ一大城砦は、ちょっとブリューゲルの絵で見るバベルの塔を思わせる。建設半ばで神の怒りに触れ、天に届く前に崩れたあの伝説の塔。

「あぁ疲れた」僕は上空を見上げながら、「一休みしようよ」

「まだ三分の一も来てないわ、たぶん」連れは反対する。「せめて半分のところで休みましょ」

えんえん折れ曲って城の入口に通じる石段は、段差は大してないものの一段一段が途方もなく長いうえ傾斜がついているので、誰もがすぐ息を切らしてしまう。いつまでたっても上まで行けない。それに全部で何段あるんだか見当もつかないから、参拝者は途中で『城』の主人公Kみたいな気分になってくること請けあいだ。

途中の石段に腰を降ろしてから五分たっても、脈拍は一〇〇から下りてこない。ま、日が暮れないうちに中に入れればいいとしよう。

「この城について、何か知ってるかい?」

「ええ、いろいろ。ゆうべガイドブックを読んだもの」

「たとえば?」

「ポタラ宮殿はね」彼女は講義を始める。「七世紀にソン……ソンポなんとかいう王様が建てたの」

「ソンなんとか?……ふんふん。その頃だとは思ってた。それから?」

「それから……ええと、中には仏像やダライ・ラマの像がたくさんあるわ」

「なるほど。あとは?」

「チベットではいちばん大きい建造物よ」

「そうだろね……それから?」

「壁の厚いところは三メートルもあるの」

「他には?」

「いちど内乱で壊されて、再建されたのよ」

「へえ。いつ?」

「今は忘れちゃったわ」

というわけで、宮殿に関する彼女の知識もこっちのと大差ないことが判明したので、何はともあれ実際に目で見ることこそ重要なのだ、ということで意見の一致をみる。本で調べるのはそのあとにしよう。

ポタラの内部は、まったくの迷路だった。文字どおりの巨大な迷宮だ。例によって押し合いへしあいしながら一定方向にじわじわ進む人混みがなかったなら、三日は閉じこめられていたところだ。

これほど大勢の人々―見た感じでは、漢族七〇パーセント、チベット人二五パーセント、外国人五パーセントといったぐあい―にはさまれるようにして歩いていても、特異な気配があたりにしみこみ、それがにじみだし、淀み、渦巻いているのを感じる。灯りはヤク・バターに芯を立てた蝋燭だけで、その甘酸っぱく胸の悪くなるみたいな異臭を放つ灯明が、目玉を剥きだした金緑色の像をぼんやりと照らしだすさまには、荘厳というより一種陰惨な雰囲気がある。僕がゲゲゲの鬼太郎なら、妖気を感じて髪の毛がぜんぶ逆立っていることだろう。何もかもあっけらかんと乾いた風土の中で、ポタラ宮と寺院の内部だけが、おどろおどろしい何かを横溢させている。チベット仏教に吸収されていった土着のボン教の影が色濃い。

何千キロもの黄金を使い宝石真珠で飾り立てた、ダライ・ラマ五世のミイラの入った霊塔。

石の柱がはるかな高みを支える広間の天井。大物犯罪者を封じる、陽の射さない土牢、幻惑するなまなましい色あいでもって微細な宇宙を封じこめた、壁の曼陀羅群。大小一〇〇〇体を越えて遍満する仏像群。日本人僧河口慧海をはるか東方からはるばる引き寄せた大蔵経を収める、埃をかぶった棚。不意に出現する黄泉に通じる横道、数千人の僧侶が寝起きしていたのが知れる、際限ない空間。驚くべき豊かさと貧しさとの隣合せ。

これらもろもろの、僕たちから見れば一種アンバランスな要素から構成されるこの城の複雑な入り組みようは、小さい頃からときどき見る夢を思いだささせた。その夢というのは、幼い自分が木造の小学校を縦横にいくつも重ねたみたいな、途方もなく大きくいびつな共同家屋に住んでいて、その薄暗い中を迷いながらぐるぐる回り続けている、というものだ。

夢のなかでは死んだイトコの寝ている部屋に迷いこんだり、いろんな物の怪に追われて誰も気づかない廊下の片隅の納戸に逃げこんだり、今自分は何階にいるんだろうか、と考えてみたり、あげくの果てに、自分の名前を思いだそうとしてわからないので胸を詰まらせたりするのだった。ただしその夢には、淋しさに混じってある懐かしさの感触があった気がするのだが、ここにはそれはない。おそろしい場所だ。連れもそういう雰囲気に呑まれたのか、口数が少なくなっている。

息苦しい内部をさまよっていたと思ったら、不意に屋上に抜ける。いつのまにか登り詰めていたのだ。四方に眺望が開け、風が吹き渡る。チベットを貫くキチュ川が、大蛇さながらにうねり輝いている。歴代のダライ・ラマもたぶんときどき、一人ここに出て町を眺め下ろしてみたのじゃなかろうか。

一九八〇年以来、中国政府はインドに亡命しているダライ・ラマ一四世を、宗教界の指導者として――政治的統治者としてではなく――あらためて迎え入れるべく呼びかけている。が、彼はそれを拒んでいるということだった。命からがら逃げだしたのに、さっさと戻れと言われたって。（注1）

それにしても、ずいぶん遠くまで来たものだ……多少の感傷をこめながら、荒涼たるチベット高原を見渡すこの高みに立ちつくす。種々さまざまなごたごたをどうにかやり過ごして……。

「ほうらね」とそばからアンが言った。「来てよかったでしょ」

僕は、もし彼女をここから突き落としたら下まで何秒かかるだろうか、と考える。

ポタラを下りて、白い分厚い壁沿いに周囲をぐるっと巡っていると、修業者らしき人物が壁際の地面に坐りこんで、手に持った豆ダイコを鳴らしているのにぶつかる。まわりの三人ばかりの漢族の見物人がお布施を捧げているので、こちらも少しばかり寄進する。ずだ袋の脇に置いてあるさまざまな道具の中に、古びた人骨（大腿骨らしい）の笛があったので、アンとささやき交わしながらそれを凝視していると、彼はおもむろに笛を取り上げ、プォォッと吹いてみせてくれる。骨の中を風が通った音がした。文革時代にはこうした人びとは、ラマ僧同様存在を許されなかったに違いない。

帰途、公安局がちょうどポタラの裏にあることを聞いていたので、許可証の期限延長のために立ち寄る。例の一筆を取りだすと、チョビひげを生やした局員は興味深そうに読んでから、滞りなく延長手続きをしてくれた。これにて一件落着。

僕たちはついでに、ここからネパールに陸路で入れると聞いたんですが、と切りだす。

「今は両国国境が開いているから、それに関しては問題なし」というのが局員の答えだった。

「だが、交通手段がないので」

「そんな……でも、ローカル・バスは通ってないんですか?」

「ローカル・バスはあります。が、国境までは行きません」

「じゃ、なんとか自力で方法を捜しますから、とりあえず国境まで行くのが差し支えないよう、許可証をくれますか?」

「うぅむ、それならやってみるとよろしい。が、行くのは難しいですぞ」

彼は、国境まで行くことを許可する旨を記載した許可証を作ってくれる。

「そして」今度はアン。「もしネパールに入れたら、また中国に再入国できるのかしら」

「それはダメでしょう、今のところ。実際は、ネパールにあるわれわれの領事館に尋ねてみるのでなければ断言できませんが、領事館ではビザを出さないでしょうな、たぶん」

アンは一緒にネパールに行きたがっていた。もし香港に荷物を半分預けてさえいなければ。もし行ってみて今度は再入国不可能ということになると、アウトなのだ。で、一目見たいネパールを、涙を呑んであきらめなくちゃならない。

希望が叶わないにもかかわらず、そこを出がけにアンは、係員に丁寧にお礼を言った。「シェシェ・ニン」

考えてみればバーイー以降、連れは何だかよくそうするようになった気がする。僕はもめごとが大嫌いだ。おしなべて円滑に水が流れるごとく運ぶのが何よりと思っている。特に外国にあっては。だからしょっちゅう潤滑油を使うわけだ。三〇分に一度は礼を述べ、三時間に一度は謝る。ところが彼女はと言えば、お礼は三日に一度だし、謝るのはこんりんざい聞いたことがない。三〇年に一回くらいは謝るんだろうか。まるで過失を認めたら自分がなくなるとでもいうみたいに。それが今は、頻度がどんどんこっちに接近してきていた。安易にサンキューやソリーを言ったって、損にはならないことに気がついたのだ。

ラサにはなかなか日が暮れない。八時を回ってもまだ本の読める明るさだ。本を読みたくなければ、宿の近くにテントを張って粗末な木の長椅子を並べている居酒屋に出かけ、大ヤカンから酸っぱい濁酒をコップに注いでもらったっていい。風に吹き上げられた砂塵がどんどんコップに入ったって、構うこっちゃない。

ところがアンには、この濁酒はたいして気に入らなかった。

「できそこないの白ワインみたいなにおい……なんだか頭の中も濁りそう」彼女は言うのだった。「まだラサ啤酒のほうがましだと思うわ」

何にでも批判を述べる女性だ。ネパール行きがならず、相当がっかりしたらしい。

「においっていえば」僕は尋ねた。「ドリアンて食べたことがあるかい？」

「ドリアン？」

「果物の一種だよ」

「ないわ」

「あのにおいがするんだ」僕は向こうの厠を指した。「もろに、あのまんまの」

彼女はからかっているのだと思って、そんな果物がこの世にあるなら、ぜひお目にかかりたいものだ、と言う。で、熟れて崩れかけた六月のドリアンというものをぜひ経験するといい、と勧める。

「ここにはないんでしょ？」

「むろんさ」と僕は嫌がらせを言う。「ネパールに降りたらあるかもね」

「……そんなの、食べたかないわ」

ともあれ、ラサに日が落ちる。

（注1）一九八九年度ノーベル平和賞がダライ・ラマに授与されてチベット問題が世界的にクローズ・アップされるようになり、以来中国政府は苦虫を噛んでいる。

一八　鳥葬の情景をめぐって

翌朝は、ひどく早起きする。鳥葬を見に行くためだ。宿で知りあった香港の青年チイが場所を聞きだしてきていて、僕たちは彼の先導で出かける。まだ薄暗い町を抜けだし、かすかに傾斜のついた土の道を、山を目指してゆっくりゆっくり、呼吸に注意を払いながら、ひたすら歩く。一時間半ほど歩いて、建物もすっかり絶えてしまうと、茫々と荒れ地が開けてくる。その果てに赤い裸の岩山が見えた。天葬場だ。あたりには何の目障りなものもないから、死者が天に召されるにはふさわしい場所かもしれない、という気がする。

荒れ地を横切って岩山の方へ近づいていくと、緑色の幌をつけたトラックが停まっているのが見えた。亡骸を運んできたやつだろう。

岩場を越えて、人びとの集まっているところへ近づく。ヤクの糞の焚火が焚かれているその端のほうで、小豆色の僧衣を着たラマ僧が三人、経を唱えている。焚火のまわりには、チベット人が一五人ばかり、ヤカンに温めたバター茶を酌み交わして雑談している。遺族ではない様子だった。ちょっと離れたところには、驚いたことに、欧州系の外国人が一〇人以上も固まっていた。寒いこともあって、みんな白い息を吐きながら黙って足踏みしたり、手を擦りあわせたりしている。色とりどりのジャンパーやウィンドブレーカが、なんにもない漠々とした空間のあいだで、いかにも場違いで邪魔っけなものに見える（こっちだってそうなのだが）。

僕たちの足場から少し低いところに、一〇畳敷きくらいの平たい岩がある。その上に亡骸が六体、すでに着物を剥ぎ取られてうつ伏せに並んでいた。一〇歳にならないだろう子供のが一体、あとは老人のが三体と壮年のが一体。それぞれの首は紐で縛られて、岩の端の穴に差しこまれた棒杭に結びつけられている。こっち側に少々傾いている岩の上から、死骸がずり落ちないようにしているのだった。岩の縁から下のほうにかけては、茶色に変色した血のしたたりの跡が無数についている。その下の砂地には、髪の毛の塊だの、風や日に晒されてぼろと化した衣類の切れ端だのが、半ば砂に埋もれながら散らばっている。

焚火にあたっていたチベット人の一人がやって来て、写真を写す仕草をし、向こうの岩蔭を指さすので見ると、カメラの築山ができている。みんな没収されたのだ。見るのはいいが撮影は禁止、ということだ。ともあれ見学できそうでよかった、と思いながら僕も、いつもポケットに入れてあるポケット・カメラを手渡す。

焚火の端にあたらせてもらっているうち、時刻は八時をまわり、儀式が始まった。五人のチベット人が、白いつなぎに着替え白い前掛をつけると、巨大な蔵刀を手に死者のそばに降り立つ。五人のうち二人は岩の縁にあぐらをかき、杵を取りだす。あと三人は、厚い革紐でもって、シュッシュッと荒っぽく刀を砥いでから、やおら作業に取りかかった。

三人は、それぞれの受け持ちの死者の首から腰にかけて、脊椎に沿って一気に切り裂く。ブズズズッという鈍い音に、時おりひそひそ話を交わしていた外人見物客たちは、静まり返る。アンは「ノォ」と呻いて顔をそむける。

次に胴体には手をつけず、右脚、左脚、右腕、左腕の順に皮膚を引き剥がし、関節のあたりから骨もろとも筋肉を叩き切る。切られた手足は岩の端に坐っている二人の方へ放られ、二人はそれを受け取ると、白い粉（たぶん大麦を細かく挽いたもの）をまぶしながら肉を切り刻み、骨は重たげな杵で徹底的に叩き潰す。

意外なことに、そこには僕たちの想像した厳粛な雰囲気というのは漂ってなかった。作業が進行するにつれて、執行人たちは歌を口ずさみ始める。歌にはときおりブルースみたいな節回しが混じるものの、重々しいものでは全然なく、むしろ戯れ歌に近い感じだ。見物のチベット人たちも、歌の内容に呼応してどっと笑いさざめいたりさえする。アンは憤慨し、こんなことって信じられない、私の国ではとても許されないことだわ、と呟く。慣習が違うんだからいいじゃないか、とこちらが言うと彼女は、このヤバンジン、という顔をする。眉間に縦皺を刻んでいる彼女を慰めるべく、昨日買った血の色の飴玉を勧めるが断わられる。

　昔チベットに一〇年ほどいた多田等観によれば、チベットでは亡骸を文字どおり魂なきむくろとしか考えないから、いわゆる貴族の遺骸さえ扱いは粗末だとのことだ。そうしてみれば、遺族が姿を見せないのは、悲しくて見るに耐えないというよりも、運びだされた死骸にはもう用はない、ということなのかもしれない。そういう見方からだと、これはたんなる肉と骨との〝解体〟にほかならず、それを行っているのはプロの切り裂き人《カッター》と叩き潰し人《クラッシャー》だということになる。けれども逆に、カルマの法による再生が待つわけだから今さら重苦しい雰囲気になっても仕方がない、というような事情とすれば、それはそれで説明がつく。今ここにいる死者のとりあえずの行き先は、地獄か天国か、僧侶たちにはもうわかっているはずだった。臨終の際、頭頂に温かみがあれば天国、足先にならば地獄行きだということだ。どっちにしろ体は布施として、祖先の生れ変りかもしれない鳥に捧げられる。

　胴体だけになった死体は裏返されて仰向けになり、首から腹までをやっぱり一息に割かれる。

カッターは、手早く靭帯を切ってひとつながりになった内臓を取りだす。心臓も腸も、まだ新しい色をしている。顔や胴体が土気色をしているのは、古い死体だからではなしに、たんに地肌が汚れているだけなのだった。ひとかたまりのはらわたはクラッシャーのほうに放り投げられ、その立てる重たい音に、ツーリストたちが思わず固唾を飲むのがわかる。それを自分の膝元まで引きずり寄せたクラッシャーは、しごく丁寧な仕事に取りかかる。すなわち、心臓は削ぎ切りに、腸は輪切りに、といった具合に。そしてそれらを、肉団子をこしらえるために潰していく。

この頃になると、一羽か二羽だったカラスがいつのまにか一〇羽以上に増え、上空を旋回したり、急降下したり、砂地に舞い降りてぼろの切れ端をくわえてみたりして、待ち遠しさを露わにしだす。クラッシャーの一人は、「ジョヨーッ」と聞える鋭い叫び声を上げながら、肝臓の一片をカラスの群れの方に放ってやる。素早くそれをせしめた一羽が、少し離れたところへ運んでいってむさぼり食った。

最初は顔をそむけてみたり焚火のほうに向きなおったりぶつぶつ言ったりしていた連れも、とうとう今は胆を据えてコトの次第を見ている。風向きが変り、生臭い匂いが直接やってくるようになったものの、目をつぶってみれば、新鮮な牛肉のそれと変りはしない。

とうとう頭と空っぽの胴体だけになった。カッターは死者の首に巻きつけてあった紐をほどいて、首と胴体を文字どおり一刀両断にする。片膝をついて頭髪をばりばりむしり取ってから、そばに置いてあったツケモノ石大の石を持ち上げ、頭めがけてかなりの勢いでもって叩きつける。鈍い音がして頭が半分潰れたので、それを抱え上げて左右に激しく振り、脳を振り落とす。

三人がめいめい二体ずつの亡骸を処理していたわけだが、熟練の度合によってだんだん進行速度にずれが出てくるだけで、解体の手順はまったく同じだ。

あとは、残骸を専門にミンチにしていたクラッシャーの二人と一緒になって、残ったものを細かく細かく刻みこんでいく。肋骨はもちろん、大腿骨や骨盤まで、ほとんど粉になるまでに砕いて肉と混ぜ、挽いた大麦の白い粉をまぶして、さらによく混ぜてしまう。ハンバーグの下ごしらえ状だ。鳥どもに対するこの周到な配慮によって、遺骸は髪の毛を除いて余すところなく食べつくされるわけだった。

九時半、解体があらかた終わって、元の人間の肉体を偲ばせるものが何一つなくなり、岩盤の上は肉だんごが散乱した状態になる。さっきの叫び声の合図を機に山蔭からさらにどんどん集まってきた鳥どもが、頭上で真っ黒な渦を巻いているのを見上げると、じきにめまいがしてくるほどだった。カラスが多い。が、二〇羽ほどのハゲワシやノスリの類いの鳥も混じっている。鳥どもは、もはや待ちきれなくて大騒ぎのありさまだ。おとなしく岩場に控えているのは皆無で、特に腹を空かせたのは、乱舞の中から、ごちそうのテーブル目ざして滑空を繰返している。

解体人たちがこっちへ引き上げてくると同時に、鳥どもは一斉に岩の上に降り立って、夢中で食べ物をあさり始めた。着替えを終えた五人にはバター茶がふるまわれ、談笑のうちに労がねぎらわれる雰囲気だ。お疲れさま、あなたがたの仕事は完璧に終わった。あとは無数の鳥が、きれいに片づけてくれることでしょう。

「どうだった？」と群がる鳥を眺めながらアンに聞く。

「……初めはショックだったけど」彼女は言う。「今は大丈夫。……でも、わたしにはどうしたって馴染めない」

「そう、きみはチベット人じゃないからね……」

「でも、もし自分の身内が死んでから切り刻まれて、カラスだのハゲワシだのの餌になるなんて想像してみなさいよ。ああ」

僕は身内が死んで切り刻まれ、カラスだのハゲワシだのの餌になるシーンを思い浮べてみる。するとそれは、何かしら無残な、一種暴力的な印象に隈どられてしまう。さらに、その想像の場面をニッポンの大都市に移してみると、……これはもはや、〝パフォーマンス〟にほかならない！　もっとも、すぐに遺体損傷罪で監獄行きになるのと同時に、精神鑑定を受けさせられるはめになるだろうが。

チベットでは、罪人や身寄りなき人は金のかからない水葬に、病死の場合は土葬に、高位のラマならば貴重な薪を使っての火葬にするということだが、実際のところはおおむね、地方地方の自然環境によるらしい。最も一般的なのはやっぱり鳥葬だ。そして、事前に思っていたのとは違って、この独特の葬法に、僕はほとんど違和感を覚えることはなかった。チベットの風土には、鳥葬の情景はまったくしっくりと馴染んで見えた。

何にだって、脈絡というものがある。もしトーキョーからラサまで飛行機を乗り継いで三日で着いた人が、いきなり鳥葬を目にしたとしたら、それはいわば猟奇的な揺さぶりを与えるかもしれない。あるいはまた、この葬儀の過程が逐一カラービデオに収められ、TVで放映されたとしたら、アンの印象じゃないが目をそむけたくなるヤバンな風習、などという印象をもたらすのじゃなかろうか（火葬や土葬がヤバンじゃない、という根拠など、どこにもないにしろ）。ところが、実際にチベットの巨大な岩と土と乾いた風のなかにこの場面がおさまっている限り、嫌悪と裏腹になった興奮を誘うたぐいの異様な感じを何も受けはしない。考えてみれば、生きたウシやブタを屠殺するほうがもっと血なまぐさいことだろう。

帰途、昼近くなったので、町に入る直前の食堂に入って、ラーメンを注文した。アンは、今日から菜食主義になる、と宣言した。それはちょっとばかり短絡的な反応じゃなかろうか、と私見を述べると、自分はあんたみたいに無神経じゃないの、というセリフを吐く。もっとも彼女の場合は、いったん思い詰めてもまたすぐに立ちなおるので、問題ないのだが。

縁にラードのこびりついたどんぶりが、しみだらけの木のテーブルに運ばれてきた。その中の麺のおさまり具合が、さっきの作業の最中に取りだされたあるものの形態に酷似しているのを僕は見いだす。で、うっかりその発見を告げると、彼女は金切り声をあげ、麺を絡めかけていた自分のフォークを投げだして、昼食をフイにする。香港青年のチイはわけがわからず、いったいどうしたんだろ、という顔をしている。

彼女はそれから二時間、口をきかなかった。

一九　ぶらぶら歩きの日

四日目とはいえ、まだまだ体調は万全といえなかった。ノドはやられっぱなしだし、笑っただけで呼吸が荒くなる。鼻血が出なくなっただけ、まだしもだが。

宿の二階に通じる石の階段は二四段で、ちょうど一二段目が踊り場だった。その少し奥が便所になっている。便所の木戸は上下が一〇センチもあいているから、コンクリートの床に穴を開けただけの便器からの芳香が、いつも踊り場近辺に停滞している。そして好都合なことに、泊り客はちょうど一二段を登る頃に息が切れて、踊り場で深呼吸しなくちゃならなかった。このことをいまいましく思って僕は一度だけ、二四段を小走りで一気に駆け上るという荒行を試みたために、以後長く心臓発作に悩まされる羽目になる。体が酸素不足に慣れきるまでどれだけかかるのか。

昨日、天葬場へと先導してくれた同室の香港青年チイは二〇代後半、英語がまったく話せなかった。僕にはこれは意外で、英国領でしかも観光立国である香港の若い人びとは、誰もが日常会話程度の英語が喋れるとばかり思っていたのだ。案外、ニッポン人ならみんなカラテかジュードーの心得がある、というたぐいの誤解と同じことなのかもしれないが。

例によって、漢字の筆談で意を通じあう。彼は、いずれ返還されて帰属するところの中国本土がいったいどんな具合なのか、見学に回っているとのこと。いたって生真面目な青年だ。香港では服飾業をやっていて、今世紀末には生業がどうなっているものか、懸念しているふうだった。

こっちが荷物を寝台の上にぶちまけて整理を始めると、彼は西中国の南寧での演奏会次第の紙を見つけて、手に取った。演奏曲のタイトルが面白かったので、取っておいたやつだ。大半は中国製の曲だが、日本国歌謡『昴－すばる』だとか、『襟裳岬』、『北国の春』なんかが混じっている。それに、台湾民謡も。日本の歌謡曲を取り上げるのは日中友好の反映だし、台湾の民謡を演るのは、台湾が中華民国じゃなしに、中華人民共和国台湾省なのだ、という意識を人民に植え付けるための深慮遠謀の一端だ。……と、何でもかんでも政治の文脈でかんぐってしまうのが、中国におけるビンボー旅行者の特色でもある。

曲のうちの一つに、『没有共産党就没有新中国（共産党がなければ新中国はない！）』という血湧き肉踊るタイトルの官製曲があった（実際、薄化粧した男性歌手は右腕を勇ましく振ったり下ろしたりしながら、熱唱したのだ。拍手はまばらだったが）。香港青年はエンピツを取り上げ、そのそばに、「没有山口組就没有新日本」と記す。僕は、この含蓄のあるたとえに五分近く笑い転げる。最近香港での活動が目立ってきたヤマグチグミも、脱けだそうとするとリンチにあうんだろ、と彼は筆話で言うのだった。

三人でぶらぶら歩きに出かける。ラサの町は、ところどころ歩道ががたがたになっているとはいえ、広い見通しのきく通りを持っていて、ニッポンでいえば北海道の内側の小さい町みたいだ。大通りの道端には細長い揚げパンを揚げて売る屋台があちこちにあって、僕たちは揚げたてのやつを買い食いしながら通りを歩いていく。

靴直しがひどく多い。しかも同業者同士でひとところに固まっているので、これで商売になるのかどうか、他人事ながら気になったりする。アンはおじさんの所で、僕はその隣のおばさんの所で、それぞれの瀕死のスニーカーの修繕を依頼する。おじさんとおばさんは隣同士、ゴム（古い自転車のタイヤチューブ）だの糸だのを貸し借りしながら、手回しの鉄のミシンでもって仕事に取りかかる。

一〇分後、僕たちの靴は変り果てた姿で返ってくるが、費用は半元だったからよしとする。みっともなくたって頑丈ならOKよ、とアンはドイツ人気質を見せる。彼女はいつだったか僕に、四年前ボルネオだかミンダナオ島だかでもはいていたというメイド・イン・タイワンのビニールサンダルを見せたくらいだ。彼女は僕よりはるかにモノを大事にする。

「わたしは、一〇〇年後のサバイバル生活を先取りしてるの」彼女は自慢するのだった。

「ドイツでも自転車ばっかりで、車なんてめったに使わないのよ」

ほとんど町はずれに近い一画に、バスの発着所があるのを発見する。方面によって発着所がまちまちだから、長距離バスを見つけるのはいつもひと苦労だ。そこで念のため、ここからのバスがどこへ行くのか聞いておくことにする。チイが事務所の窓口で尋ねてくれた。チベットの北、青海省格爾木（ゴルムド）行きのバスが出るということだ。

「ああ、これだわ」とアンは呻くみたいに言う。

「これって……飛行機で成都に戻るんじゃなかったのかい？」

「わたし、考えを変えたのよ」彼女は敢然と、「あんなに苦労してここまで来たのに、また成都に引き返すなんて、つまんないでしょ。だから、格爾木からゴビ砂漠の端っこを通って北京に出て、それから香港に戻ることにしようと思うの」

やれやれ。元気いっぱい、まだまだ冒険を続ける気でいる。とんでもない災難に遭わなきゃいいが。

チイに彼女の意向を伝えると彼は、善は急げとばかりに乗車券の交渉を始めてくれる。窓口はちょうど開いたところらしくて、他の乗車希望者は奇跡的に三、四人しか並んでなかった。そしてこれまた奇跡的なことに、キャンセル分があったおかげで、アンはあさって早々にラサを発てることになった。ただし、とチイが筆話で説明してくれたところによれば、このルートは、香港人以外の外国人が通ってはいけないのだそうだ。係員はチイが香港人だから切符を売ったので、買った本人でなくちゃ乗れないよ、と念を押されたのだという。

「だいじょぶよ、きっとうまくいくわ」と連れはあっさりしたものだ。地方の公安局で痛い目に会わずに済んだので、すっかり高をくっているらしかった。彼女はいかに出会う人々がよくしてくれるか、ということを好んで語った。そうしないと不安がこみあげてくる様子だ。ひょっとして、愛に飢えた子供時代を送ったのかもしれない。

宿の夜、薄暗い電球のもと、寝台の上で彼女は珍しく長々と、ドイツ語で日記をつけている。

「何を書いてるんだい？」

「いろいろよ……今まであったこととか」

「ここまでの道連れについても？」

「もちろん」

僕は思わず不安になる。

「どんなことを？」

「おんなじこと、あなたが日記に書くのと」

「……そりゃひどい」

二〇　時は過ぎゆき

アンにとっては、今日が最後のラサだった。たぶんもう、永久に訪ねることはないだろう。僕たちはロブサン氏に会って、もっと四方山話がしたかった。が、居所がわからない。ラサに着いた時点で僕たちはしつこく食事に招待しようとしたのだが、ロブサン氏はすぐに行かなくてはならないと言って、受けてくれなかった。遠慮したのか、ほんとうに大忙しだったのかはわからない。たぶんどっちでもあるだろう。ノーテンキなツーリストと違って、ロブサン氏にはラサですることが山とあるのだ。

午前中、ダライ・ラマのかつての夏の離宮ノルブリンガに出かける。周囲をぐるぐる回ってみても、門という門が閉じているのを発見するにとどまる。一九五九年三月、中国人民解放軍司令部はここにいたダライ・ラマ一人を〝観劇〟に招待した。身柄を柔らかく拘束されるのは火を見るより明らかだった。それを聞きつけたラサの民衆数万がノルブリンガを取り巻いて、ダライ・ラマに誘いに乗らないよう懇願した。ダライ・ラマは行かないと約束したので、人びとは夜半になって散っていった。そして一週間後、中国軍の砲撃が始まった……。

もはやここもポタラ同様、記念館となる命運だろう。

地図を眺め眺め、郊外のセラ（色拉）寺に向かう。セラ寺という名には聞き覚えがあった。明治時代に河口慧海が辺境から来たチベット僧を装って入門し、大正には多田等観がダライ・ラマ一三世の力添えで入った寺だった。

一〇〇年前には七〇〇〇人の僧が起居していた、というのが信じられない。小豆色の衣を着けた僧侶の姿はちらほらとあり、石畳に白い僧房の影がくっきり落ちている。無数にある僧房はおおかたがらんどうのようだ。文革が終って一〇年になろうとしている今、ここに寝起きする人々にとっては寂しい状態に違いないが、それでも一人残らず強制的に僧衣を脱がされたあの時代のことを思えば、まだしもだろう。

　中の薄暗い仏殿には、例によって、緑がかった鈍い金色の仏像が鎮座していた。あちこちにポケットカメラを向けているると、堂守の僧侶がやってきて手真似で、撮影禁止だ、と言う。びっくりした顔で数秒間絶句すると、ま、いいか、という雰囲気で向こうへ行ってしまう。もうすでに遅く、ぜんぶ撮ってしまったのだが。ちなみに連れのカメラは成都を出て三日目に故障したきり、どうしてもシャッターが下りない。フィルムを巻き上げてしまおうとしても、ノブがびくともしない。カメラはUSSR製一眼レフで、ドイツを発つとき友達から餞別に貰ったのだそうだ。処分する代りにくれたとしか思えない。フルシチョフの頃から同じと思われる型で漬物石みたいに重いため、長旅にあっておよそ役に立たないカメラを持ち歩くというほどいまいましいことはない、とつくづく思い知らせてくれる代物だ。で、彼女はときどき僕のを取り上げて何枚か撮っては、後で送るように、と命じるのだった。

　寺を後にすると、歩きながらアンは、

「ネパールへ入る方法を探さなくちゃ」

「ネパールって、誰の」

「あなたのよ」

「いいよいいよ……今日もだいぶ歩いたし、あとは適当にやるさ」

「でもあなた一人じゃ、何もかも遅れちゃうじゃないの」と彼女は心配する。「今までの経験から……きっと来年までラサにいることになるわ」

余計なお世話だ、などとは言わないで、ありがたく受けとめる。何しろ、彼女は明日もう行ってしまうのだ。

で、僕たちは砂埃の舞う白い道を一時間歩いて市内に戻り、ルート探しを始めることにする。まずは、南西方面へ向かうローカル・バスの発着場を見つけようとした。が、ラサじゅうを四時間ほっつき歩いて手に入れた成果といえば、こういう情報を入手するには公安局に行くか宿で尋ねるのがいちばん手っ取り早い、という意見の一致だけだった。公安局のほうは昨日のとおりだったから、あとは……灯台の下は暗い。

こうして僕たちは宿に戻り、チベット人服務員のおばさんにこのことを尋ねてみる。少しだけ英語の話せる彼女から聞きだしたことは、泊まっているツーリストのなかから同好（同行）の士を募って、国境行きのバスを仕立てるのが一般的なやり方だ、ということだった。なるほど。それだと二〇人も集まらなくちゃならないが。

三、四人だったら『解放』ジープをチャーターする手もある、と彼女は言う。ちょうど今、スイス人の三人グループがあと一人、連れを希望しているらしい。が、当然、一人あたりの出費が天文学的なものになる（こっちにとっては）。さらに階上の部屋をあたってみても、バスを出せるほどの人は集まりそうもなかった。

部屋に戻ると、三人のニッポン人がいた。ああ、こんにちは、と僕たちは挨拶をかわす。

今朝方、成都から飛行機でやってきたのだという。ヘンピな所で同邦人に出くわすのは、懐かしいというより、何かしら奇妙な気分のものだ。おととしガンジス河の岸辺で水に浸かっていたとき、黄色い花環と水葬の屍骸らしき物体が漂ってきたので、アワを食って岸に泳ぎ着こうとじたばたしたことがあった。ちょうどそのとき、岸の上から間延びした声で、あのー、ニホン人ですかぁ、と同国人に呼びかけられて、なんだかおかしな気分になったことを思いだしたりする。

所要四時間の空路で来た彼らはみんな、急な気圧の変化で体調を崩している。頭ずきずきに体ふわふわ、というやつだ。三人は成都で知りあって、好都合なことに三人ともネパール入りを目的にしていた。で、こっちもその中に混ざって、一緒に行くことにする。がぜん心強い気分になった僕は、うんうん、これで何とかなるだろ、と安閑を決めこむ。

「残念だわ、結局役に立てなくて」とアンが珍しく殊勝なことを呟くので、ちょっとしんみりしてしまう。

「いや、とても嬉しいよ、一緒に探してくれて……それだけで充分」

「そうね」彼女はすぐに思いなおす。「あなた一人だったら、宿の中でごろごろして時を空費してたわね、きっと……あちこち行ってみられただけで、めっけものというべきだわ」

二一　一人になれば

午前五時、アンがそっと起きだして身仕度を始める気配がする。こっちも目を覚まし、まだ半分眠りながら、何だってまたこんな早くからごそごそやってるんだ？と怪訝に思い、三秒後に、ああ、もう発つんだった……と合点がいく。

彼女はこっちの目覚めに気づいて、

「しーっ、起きなくていいの、寝てて」

ここでお言葉に甘えてほんとに寝てしまうとおそろしいことになるから、もぞもぞ起きだす。同室の五人はまだ寝入っているので、ドロボーみたいな恰好で荷物を外に運びだしてやる。

驚いたことに、部屋の外に出たと思ったら彼女は泣きだした。僕はびっくりして口をつぐんでしまう。小学校のときに隣の子のスカートをめくって以来、女の子に泣かれたのは初めてだった。で、ちょっと感銘を受けて抱きしめてやる。彼女のことだから、バスに乗りこむやいなや元気を取り戻すに決まってるが。

暗いなかを、発着場まで歩いていく。発着場にはすでにぼろぼろバスが停めてあって、中は満員だ。屋根にも、車内の通路にもありとあらゆる種類の買出し荷物が詰まっているので、いちばん奥にどうにか場所を作ってもらって、荷物と一緒に彼女を押しこむ。なんだか割りこみをしたみたいな気になる。ちゃんと切符を買ってあるのに、何でこうなるのか。

このとき漢族の服務員が、検札に乗りこんでくる。彼はアンを指さし、僕に向かって漢語で何かを喋り立てる。香港人だと思っているのだ。文句を言ってるというのはわかるものの、僕はおもむろにパスポートを取りだして、ニッポン人であることを示し、何をおっしゃいますやら私めにはトンと、という顔をする。彼は身振り手振りでもって、このバスには外人を乗せるわけにはいかないのだ、ということをこっちに伝えようとする。すでにコメカミには青筋が立っている。アンの方はといえば、わたしにはちゃんとわけがわかってるんだけどそれでも絶対に降りたくないの、という不屈の顔をしていて、今にもこっちに割って入ろうとするのだった。ぜんぜん懲りない女性だ。バータンの宿での一件をもう忘れている。ここではわがままのごり押しは通りっこないのだ。僕は彼女の切符を取り上げて、彼女はちゃんとこうして切符を持ってますよ、何か問題でも?という身振りをする。

相手は業を煮やし、再度僕のパスポートを見せろ、と言う。おとなしく渡すと、あちこちに漢字の表記があるのを発見して、紙切れに、「一昨日、事務所でこの切符を売った相手は香港人だった。それを譲り受けたに違いないから、彼女にそう尋ねてみろ」と書いて寄こす。もうわけのわからないフリはできない。彼女に、

「この人はきみがチベットは初めてか、と聞いてるよ」

「もちろんよ。あなたも知ってるでしょ」

で、服務員氏に、彼女はもちろん自分で買いにきた、と主張しておりますが、と筆話で伝える。いや、そんなはずはない、と彼はたいへんな仏頂面だ。

「でもひょっとしたら、忙しくて彼女に売ったことを忘れてしまった、ということでは？」

いつまでもとんちんかんな問答を繰り返していると、とうとう向こうは根負けして、もういい、坐れ坐れ、まったくこいつらは、とバスを降りてしまった。

おじさんありがとう、わがまま言ってごめんよ。

「あとであなたに迷惑がかかったら……」とアンは心配顔になる。

「？」

「今のおじさんが、公安局にいざこざを連絡したりしないかしら」

「まさか。もうじき出発だよ……じゃね」

「いろいろ、ありがと」

「さよなら。また」

「さよなら……手紙待っててね」

通路の荷物の丘を乗り越えて、バスの外に這いでる。そろそろ白んできた空には、三日月が残っている。じきに運転手がやってきて、バスは青海省に向けてエンジンをふかし始めた。最後尾の、歪んで開かない汚れた窓ガラスに顔を押しつけて手を振りながら、最後のトラブルを残して彼女は発とうとしている。

やがてバスの巨体はのろのろと動き始め、ガラス越しの彼女の顔は、巻き上がる埃に霞んでいった。さよなら、さよなら、もう永久に会うことはないだろう。きみがこれからも元気で、ムテッポーに邁進できますように。僕は咳きこみ、土埃の入った目をタオルで拭う。

宿に戻ると、まだ誰もが眠っている。隣の寝台にはまだ、地平の彼方へと去った連れの温もりが。

再び眠って目が覚めると、外は雪になっていた。彼女の勧めでももひきを買っといてよかった、などと早くも感慨にふけったりする。

しばらくぼんやりしていると雪はやみ、日が射してくる。再び砂塵が舞い始める。階段を降り中庭に出て、たらいに井戸水を汲み、洗濯に取りかかる。手がしびれるほど冷たい水でばしゃばしゃやっていると、上からニッポン人の女の子が二人下りてきた。彼女たちも、昨日、飛行機でラサに着いたのだという。これで、この小さい宿のニッポン人は総勢六人になった。二人はぜひ鳥葬を見たいというので、場所を教える。さっそく明日朝行ってみるとのこと。

アンの予言どおり、何だかいろんなことが億劫になってしまって、僕は部屋の前の手摺にもたれかかったまま、中庭の人びとの往来を眺め下ろしている。

チベット人の服務員が、厨房のかまどで焚く薪を割っている。さっきの女の子たちが、井戸端で洗濯している。たらいの中に、黄色いスヌーピーのTシャツが泳いでいる。木の長椅子で、北欧人らしい二人連れが話しこんでいる。どこで手に入れたのか、大ぶりのどてらみたいなチベット服を着こんだ、背のひょろ高い男が中庭を横切ってこっちの棟に歩いてくる。……ぼんやりと眺めていると、彼には見覚えがあった。英国人のジョンだ。雲南省昆明まで悪夢の列車旅行を共にしたお仲間だった。僕は手摺りから身を乗り出して、声をかけた。

「やあ！」

相手は見上げる。

「……やあ！　こんなとこで会うとはね」

「一人かい？」

「まあね」

「クロードはどうしたんだ？　ほら、君に片思いしてたフランス男の……」

「ああ、昆明でまいたよ」相手はにやりとする。「ま、一人は気楽なもんさ」

僕は中庭に下りていった。あれこれ、ここまでの互いの旅の様子をヒレキしあった。

「ところで、明日ここにいる人たちでパーティーをやることにしたんだ……暇だったら来ないか？　ラマ僧も来るんだぜ」

「パーティーだって？」と僕。「ああ、下の入口の貼り紙はきみの主催だったのか……わかった、きっと行くよ」

部屋に戻って寝台の上で日記を書いていると、しばらくして出かけていた三人のニッポン人が帰ってきた。なんとシガツェ（日喀則）行きのバスをたまたま路上で見つけ、切符を買ったという。出発はあさって、ちょっと慌しいとは思ったものの、この機会を逃すまいとして購入に踏切ったのだそうだ。彼らもやっぱり、中国じゃ交通のことで苦労してきたのだった。

僕のほうもしばし考え、この辺でこの砂塵にまみれた聖都を出る頃あいだな、と思う。で、場所を聞いて乗車券を買いに出かけた。

バスはちゃんと路上に停まっていた。今までのバスは例外なくぼろぼろだった。が、今度のはそれに輪をかけてすさまじいやつだ。上下に引き開ける式の窓が、一つとしてきちんと閉まりそうにないのは当然として、バックミラーが両方ともぶっ壊れ、フロントグラスに一箇所、リアに二箇所、その他ところどころの窓ガラスにも蜘蛛の巣状のひび割れがあるのは、どういうことだ。あちこちに凹みのあるボディーの塗装ははげちょろけ、どうみてもスクラップ寸前の代物で、三キロと走らないうちに解体しそうな雰囲気だ。思わず不安がこみ上げる。

とりあえず中を覗いてみると、運転席のまわりに漢族の男が三人、手持ちぶさたにタバコをふかしたりお喋りをしたり。誰一人客はいなくて、行列に備えて文庫本まで持参してきた僕は、少々拍子抜けしながら切符を切ってもらう。

こっちをせき立てて何かをさせようという人がいなくなったから、今日やったことといえば切符の購入だけ。にもかかわらず、事態は何だか急速に進展しつつある気配だった。

二二　やっぱりぶらぶら

チベットの女の子たちは、目が合うとにっこりほほえむ。香港以来ここまでは、大概つんけんした女の子ばっかりだったから（むろん桂花みたいに可憐なほほえみを湛えた子ばっかりに出会ってきた、という幸運ないし有徳な人もいるのかもしれない。が、そういう例は寡聞にして知らない）、ここでは何かしら心なごんだりするわけだった。

翌朝、朝飯の前に脈を計ると、七八。ようやくまともになってきたようだ。七〇を切ったら言うことはないんだが。アンの脈も下がったろうか。

裏の大昭寺に出かけてみると、ちょうど門が開放されている時間だった。前で五体を石畳に投げだしては祈っている巡礼の人びとの脇を抜けて、中に入る。

中庭を囲む回廊沿いの壁は、例によって深紅の雲、蝦茶の衣、紺碧の髪、雪白のあるいは焦茶の肌、といった極彩図絵で埋め尽くされている。現われるパターンは比較的一定でも、見る者を息詰まるような濃密な想像力の世界へと導きこむ色彩の綾は、なみなみならぬ力を備えている。

本殿の中は、巡礼者たちの唱経の声が渦巻く暗い宇宙だった。むっと鼻をつく匂い、ポタラ宮のなかと同じヤク・バターのくすぶる匂い。大広間を中心にいくつもの狭い室があって、巡礼の列は数珠つなぎになりながら、一つ一つの室を訪れては祈りを捧げて回る。菩薩、怒神、笑神、多面の鬼、龍、カルラ、おどろおどろしくひしめきあうこういった超自然体の像群が人々に触れられて油光りしているさまが、揺らめく灯明の下に濃い影を落しながら浮び上がっている。ヒンドゥー教寺院の雰囲気も帯びているし、チベット土俗の神々の色あいも濃い。そしてもちろん、仏教という柱が立っている。

この聖殿にあるものにはことごとくご利益をもたらす力があるということだ。西川一三によれば、当時は肥えたネズミがうろちょろしていて、そのミイラは安産のお守りとして珍重されたという。殺生を忌む僧侶も、ふところ不如意の節にはミイラ造りに精を出したらしい。粘土を固めた床に目を走らせてみるが、今はネズミの影はない。不潔だというので、文革時代に根絶やしにされたんだろうか。

本尊の鎮座する堂では、列の進みが滞る。参拝者は一秒でも長いこと釈迦牟尼の前にとどまっていたがるからだ。七世紀に唐から持ち来らされたこの黄金の本尊は、数々の宝石をちりばめられ、強い照明を浴びて狂気のごとく輝いている。黄金と闇の強烈なコントラストに、威厳というよりは威圧感めいたものの感触を感じとったのは僕だけだったか。もっとも、だからといって他国に強制的に〝解放〟されるいわれはないのだが。……ともかくこんなところで隠れんぼでもしたら、さぞかしぞくぞくするに違いない。

本堂から出ると、経文を彫りこんだ金色のマニ車が列をなしている廊下を通る。長く停まっていただろうマニ車は、手をかけて回してやると、ひゅるひゅる乾いた音を立てた。

夕方、宿の近くの吹きっさらしの濁酒屋で何となく気を滅入らせていた僕は、ネパールへの連れとなる三人のニッポン人と合流して、ちょっとばかり離れた食堂に夕飯を食べにいく。ラサでの最後の夕食だった。

成都以来ほとんど見かけなかった乞食が、ラサになると目につきだす。子供の方が多い。

そしてまた、チベットでは彼らを邪険に扱う場面に出くわしたためしがない。とりわけ、幼かったり年老いていたり、身体が悪かったりする者たちについては。ホテルに所属するレストランだとどうか知らないが、こっちの入る安食堂では、インドあたりと違って乞食が中に入ってくるのを拒まないし、客が立ち去るやいなや残り物をさらってその場で食べるのを認めている。それだものだから僕たちは、青バナをたらした子供たち（たまに、大人も）がまわりに控えているテーブルで食べ、箸が回らなくなった皿を目ざとく見つけた子らの催促に応じて、皿を譲らなくちゃならない。

また、奇妙に思うことがある。外国人だったら誰もがつきまとわれずにいない南アジアの都市の物乞いは、目的を達するためにあの手この手を繰りだしてくるのが常だ。赤ん坊を連れてくる、へこませた腹をさすって泣きそうな顔をする、病気で崩れた手足を突きだしてくる、脈ありとみると大声で叫びながら一〇〇メートルもついてくる、といった具合なのに対し、ここではそばまでやってきて黙って手の中の小銭をちゃらちゃら鳴らすだけ、という非積極的な方式だった。むろん彼らは食堂の中に入ってきても、店の者に追い払われたりしないし、客からもなにがしかの小銭を得ることができる。すべては黙認されている。チベットの人々は互いに助けあう、という印象があるゆえんだ。いずれにしても当局側にとって、外国人にはあまり見てほしくないシーンだろうけれど。

夜、濁酒を携えてパーティーに出席。寝台の片づけられた部屋の隅には、古ぼけたカセットレコーダーが置いてあって、ジョージ・ベンソンが流れていた。僕もスティーヴィー・ワンダーのテープを提供する。宿の客のおおかたがやって来たようだ。むろんジョンもいるし、ジャパニーズ・ギャルたちもお目見えだった。彼女たちは今朝がた早々に、鳥葬に行ってきたという。

「どうだった？」と聞くと、

「とってもおもしろかった、怖いことがあったけど」とのことだ。彼女たちの話によれば、今朝の亡骸は三体で、進行は僕たちのときとほぼ同じ按配だったらしい。が途中で、突然作業をやめた解体者の一人が、血まみれの蔵刀を持ったまますごい勢いで見物人たちのほうへやってきた、というのだった。彼女たちは腰を抜かしそうになったわけだが、実は外国人に混じって見ていた数人の漢族の男たちを、追っ払うためだったのだそうだ。ちょっとしたやりとりの後で、草色の人民服を着た漢人たちは、そそくさと引き上げていったという。

「へえ……なるほど。外人ならよくて、漢族はだめか」

「チベット人は、漢族に腹を立ててるみたい」

「外人には怨みはなくて？」

「だと思うけど……」

ともあれ、漢族に悪感情を抱いているチベット人がいる、ということは確かなのだった。

電気がついたりダムができたりしただけ、〝解放〟前に比べて人びとの生活は向上したのかもしれないが、それでも中央から辺境手当を貰って出てくる漢人とチベット人とでは、著しい生活格差があるという視察結果を、チベット人文筆家ペマ・ギャルポ氏は記している。中国政府は、パレスチナに対するイスラエルの政策同様、チベット人を圧倒する数の漢人を入植させて占領を既成事実化しつつある。中国共産党が支配者として追放されたダライ・ラマになり代っただけだ、と思っている人びともいるだろうが、治政者にして神だったダライ・ラマを崇め慕っているチベット人が大多数だろう。とりわけ、故周恩来が「日中戦争以上の惨禍」と言い捨てた文革の、とてつもない苦行を経た今では。

どうした因果でか、若いラマ僧が二人、パーティーの中にいた。見ていると一人は濁酒も飲むし、女の子たちの間を駆けまわって誰彼かまわず話しかけたりもしている。あと一人はカセットレコーダーの操作に余念がない。僕がテープを提供したとき、彼はマイケル・ジャクソンの新譜はないか、などと―むろん英語で―尋ねて、僕をのけぞらせる。

別に破戒僧というわけでなくても、若いラマ僧は好奇心が旺盛で、昨日郊外のデプン寺にカメラを携えて行ったニッポン人の一人Sさんは僧の若いグループに取り囲まれ、とうとうカメラを取り上げられたという。僧たちは互いを写しまくってフィルム一本を消費したあげく、早くわれわれの写真を見せろ、と彼に詰め寄った由。コトバも通じないしだんだん収拾がつかなくなって困惑していると、寺の管長らしき人物が現われ、やっと騒ぎはおさまったのだそうだ。数年前まではローマかインカの廃墟同然のありさまだったというデプン寺にも、活気が戻りつつある模様だ。庶民の初等教育システムを兼ね僧兵を抱えていた頃の隆盛には、むろん及ばないにしろ。

チベット人のおばさんが二人とおじさんが一人、入ってきた。宿の服務員さんたちだった。三人はリクエストされてチベッタン・ダンスをするという。おばさんたちははにかんでいるものの、おじさんのほうはよっしゃ、やったる、という感じだ。香と安煙草の煙渦巻くなか、雑音混じりのテープがかかり、チベットの音楽が流れだしてくる。それを聞いたとたん、ああ、これは紛れもなく、ポタラ宮やチョカン寺の内部を巡ったさいのイメージが、そのまま音になったものだ、という印象に打たれる。地を這うみたいな旋律とリズムがえんえん繰返され、踊り手は足下を見つめながら、右脚と左脚とをかわるがわる繰りだす。ジグ、そう、チベッタン・ジグだ。三人で肩を組んでいるために、腕の動きはほとんどない。一見、地味といえば地味だが、時間がたつうち、次第に幻惑的な効果が及ぼされてくるのだった。ちょうど、そう、呪術の場面に立ち会っているみたいに。

すっかり酔っ払って部屋に引き上げたのは、深夜に近い頃だった。寝台に横たわり習慣的に脈を計ってみると、九〇ほど。踊りのリズムが宿ったままだ。ま、いいか、と眠りにつく。

二三　出ラサ

理由なく一時間半遅れて、ラサを発つ。

僕たちは用心深くも、出発の一時間前からバスの乗降口前に並んでいた。前売りの乗車券なんか頼りになりはしないのだ。案の定、二時間半後に運転手が現われてドアの鍵を開けたとたん、人びとは怒涛の勢いでもって僕たちを押しのけバスの中になだれこんだから、こっちはせめて弾きだされないよう互いに叫び交わすのが精一杯、というありさまだった。

そういうわけで、中に転がりこんだときには、再後尾の座席を除いて全座席は埋まっていたのだが、その空いていたやつというのは、床との固定ネジがみんな吹っ飛んでいるうえにスプリングのはみだした、特別シートだった。あちこちにタオルを突っこみ、靴下でいろんな箇所を縛りつけて、急場をしのぐ。

けれどこのことについて、坐れただけよかったということで悪態も吐きはしない。すっかり順応したのだ。のちに帰国してから、何かの折りに五分待つところを五〇分待たされるようなことがあっても、僕はきわめて平静に、微笑みさえ浮かべるなどして待ったものだ。五時間待ったあげくすべてお終い、などということに比べれば、何だってはるかにましというものの……。

ともあれ一行は、いつもいつも乾ききってキンキン音を立てそうなチベッタン・ブルーの空を見納めに、ラサを出たわけだった。

バスは二台だった。僕たちのやつと、もう一台。向こうのはしょっちゅうエンストを起すため、そのたんびにこっちは停車して、運転手が降りていき調整を手伝ってやらなくちゃならない。ま、座席の上でひどく跳ね返る合間の骨休めになるからいいのだが。

夕方、土埃の中のチュシュル（曲水）の集落を通過してしばらくすると、バスはまるでランドクルーザーみたいに道を逸脱して、不毛の荒野を横切り始める。度重なるエンストの分を取り戻すべく、近道をする気なのだ。やがてキチュ川の支流にぶつかり、これを越えていくことになる。先のバスは、タイヤが隠れるくらいの浅瀬をうまい具合に渡り切ったものの、こっちは、あと上陸まで一〇メートルというところで立ち往生してしまった。川底の砂利に足を取られたのだ。全員バスを下ろされ、靴を手に持ってじゃぶじゃぶ岸に渡り、前のバスが積んでいたロープで二台のバスをつなぐ。が、一瞬にして綱は切れてしまう。使い古されしかも乾燥しきっているから、弱いのは当然だった。ワイアーはないので、切れたやつを二重にしてまたつなぐ。またぶっつり切れる。仕方がないからみんなして川に入り、人力で押し上げることにする。川は猛烈に冷たく澄んでいて、あたりにはまったくもって何もない。向こうにそそり立つ裸の山が、夕日に染まっているだけだ。超広角レンズで覗いたみたいな世界が、昔映画になった『猿の惑星』のシーンを思いだす。

あれはこのあたりでロケをやったのに違いない。

いつも思うのだが、複数の車を連ねていくという生活の知恵には、実際はデメリットの方がうんと多い気がする。というのも、故障を起さない車というのはないからで（中国製が悪いというのではなしに、超酷使が原因）、二台以上のうち一台がトラブルに見舞われると、残りもその解決まで待つ羽目になるからだ。しかも何十人もの手助けがいるようなトラブルというのは、めったに起るわけじゃないから、だいたいがいたずらな待ちになってしまう。まだ二台だからいいようなものの、成都―ラサ間のトラックのときみたいに四台にもなると、アクシデントの確率はものすごいものとなり、一台目が走り始めると二台目がエンストを起し、それが直ったら三台目がパンクして、パンク修理の最中に一台目のブレーキシャフトが折れかかっているのが見つかる、という具合で、半時間おきに停まることになるのだ。これがもし一〇台にもなったなら、ぜんぜん前に進めないに違いない。……ただこの連隊行で、一つだけメリットがあるとすれば、どれかが押しても引いても動かなくなったとき、別のが乗客を詰めこんで旅を続行できる、ということだろう。中で窒息しなければの話だが。

ともあれ総がかりで、車体を川から押しだす。荒れ野を横断し、道に戻ってしばらくすると、道は勾配を増し始めた。夕闇が迫る中をバスはローとセカンドを交互に、踏んばりに踏んばって、人が小走りに歩くくらいの速度で進む。エンジンのあえぎに体を揺さぶられていると、こっちまで息苦しくなってくる。

気圧の関係で耳が突っぱるのを、唾を飲みのみ抑え、途切れとぎれに互いのもくろみを話しあう。

「地図を作る会社にいたんですよ、僕は」とSさん。「地理が大好きだから、自分の足でいろいろ回ってみようと思ったんです」

「ネパールからは、どっちの方へ？」

「もし首尾よく入国できたら、ヒマラヤ近辺をトレッキングしてまわるつもりですよ、当分。一ヵ月くらいかな」

「最初から、ぜんぶで何ヵ月かの予定だったんですか？」

「いや、実はきっかりひと月で帰国する予定だったんだけど、何だかこうしてあちこち行くのがすっかり気に入っちゃって……資金がなくなるまで帰らないつもりなんです」

「ああ、そりゃこっちも同じですよ」Mさんが口をはさむ。「こっちも中国だけまわる気だったのが、今はヨーロッパまで行ってみようと思って」

「ヨーロッパ……それじゃお金のほうは？」

「うーん……もうハッキリ言って五万円しかないんだけど、陸路でギリシャまでたどり着いたら、なんかアルバイトができるみたいだから」

「だって、今は印パ国境の通過も難しいし、イランだって通らなくちゃならないでしょう。休戦中とはいってもだいじょぶなのかな」

「いゃぁ、結構ビンボー旅行者はそのルートで行ってるっていうから、なんとかなるでしょ、きっと」

僕たちはこの限りなく無謀に近い楽天的なアルバイター、M青年にすっかり毒気を抜かれる。イランくんだりで金が底をついたらどうする気なのか。

「ところであなたは？」

「あ、僕はネパールからインドに出て、とりあえず最南端のコモリン岬まで行ってみようと思ってるんです。そのあとはスリランカに渡って、サファイアを買いこんで儲けて……」

「へぇ、石はだいぶ勉強して？」

「いや、まったく。ただ、あそこは内乱のあおりで、観光客がひどく減ってるから、石は売り手市場だと思うんですよ」

「いやー、そりゃちょっと甘いんじゃないですか。向こうの宝石商は金を持ってるみたいだし、第一あなた、サファイアとブルースピネルを見分ける自信がありますか？」

「ええっ、何ですかそれは？」

「じゃ、トパーズと黄水晶は？」

「……」

サファイアで一獲千金だなどという計画も、宝クジに期待するみたいなもんだということで、ついえ去る。みんないい加減で心もとないことを言っている。しょうがない。ほとんど話に加わらないKさんは、職歴不明でまったく予定なし。いろんなことを知ってるらしいものの、たいていはあぶないクスリで瞳孔が開いたままじっとしているので、影みたいに、いるんだかいないんだかわからない。

アジアをうろついていると、今のニッポンがどんなにラッキイな国か、ということが、ひしひしと見えてくる。ニッポンは、アジアで戦争だの内乱だの隣国との緊張だのといった問題を抱えてないほとんど唯一の国なのだ。僕たちに共通していることは、みんな時間だけはたっぷりあるということだ。金はともかくとして。こんな豊かなことはないのじゃなかろうか。ニッポン経済が繁栄を続けているあいだは、放浪組は少々のジャパニーズ・エンを手に、ずるずるとあてどない旅を続けることができる。呆れ返った目で見られようと……。

いつのまにか話は途絶えた。エンストを繰返しながら、闇の濃く落ちた山道を登り続けていたバスのスピードは、徐々に上がってくる。傾斜がゆるくなってきたらしい。……と思うと、不意にヘッドライトが、闇の中に幽玄の世界を浮び上がらせた。くたびれて眠くもあったし高度のせいで頭がすっきりしなかったせいもあって、ほんとの風景なのか幻なのか、はっきりわからない。雪が薄くあたりを覆い、狭い道の両端に石塚が積まれていて、その上に無量のカラフルなぼろの連なりがはためいている。白昼でも闇のなかでも精霊に呼びかけている、祈りの旗……標高は四八〇〇メートル、深夜を回った峠の頂だった。ああ、ああ、なんて不思議な景色だ、とぼんやり考えているうちに、バスはすべてを通り過ぎてしまう。

夢うつつのうちに下りにかかり、今度は恐いくらいのスピードで飛ばしだした。もはや運転手の技量を信頼するほかないから、ときどき弾みでガタン！とずれるシートの具合をモーローとして直しながら、うとうとしつづける。尻だけがヒーターであぶられ熱い。至るところから凍りつくような風が吹きこんできて、一昨日念のため手に入れておいた毛糸のチョッキを着けていても、唇が乾いて震えがくる。腹も減ったし……。

二四　ラン・オン・ラン

深夜を過ぎて、バスは平坦な荒れ野にさしかかる。夢うつつに、砂混じりの乾いた夜風が吹きこんでくると思ったら再び上りになり、冷たい風に顔をなぶられる……というのを繰り返す。

夜が明ける頃になるとバスはちょうど幾つ目かの峠の天辺にかかっていた。今しがたできたばかり、という感じの丸っこい雲が目の高さを流れ、仙人みたいな気分にさせる。輝ける峰々の白い稜線が眠気を一掃する。

この最後の峠を越えると、えんえん不毛地帯が続く。砂塵がひどい。茶色い崖の連なりの上に、破壊された建物の跡が見える。ぼろぼろになった祈りの旗がはためいていることで、僧院だとわかる。その下には奇妙な恰好にねじれた、土埃にまみれた潅木が数本、祈ってでもいるみたいに首をうなだれている。

途中の集落、ギャンツェ（江孜）の食堂にて、朝飯。こっちにはコトバがわからないというハンディがあるので、せっかく押しあいへしあいに勝ち抜いて食糧供給係（給仕という感じじゃない）の前に出ても、何か食物がほしいという意思表示しかできない。焦っているうちに、札を握りしめた四方八方からの手によってもみくちゃにされ押しのけられてしまう。比較的モノのあったラサでは、たいした競争にもさらされずに済んできたが、またしても闘争の世界が始まったわけだった。最初は競争に立ち後れまいとして汲々としていた僕たちは、これじゃとうてい勝ち目がないな、と悟り、間もなく諦観の境地に到る。ラサを出たらメニューを黒板に書いておいてくれる食堂なんかないから、これをくれ、などと指さすことができないのだ。けれど、これ以後にもわかったことだが、結局のところ一番乗りしようとビリになろうと、食べる物にたいした違いはないのだった。せいぜい木耳の油炒めが残っているかいないか、といった程度だ。それなら脱兎のごとくバスを飛び下りて、脈拍を一五〇にしながら食堂に転がりこむ代りに、ああ、今日もいい天気で結構だね、といった風情でもって、修羅場を敬遠したほうがいい……。

それにしても、チベットの普通の食堂はしんそこ物に乏しい。ラサの漢族の食堂で曲りなりにも中華料理を食べてきた身にとっては、何もないと言ってもいいくらいだ。成都からラサへの途上の食べ物もひどく貧しかったものの、ここも似たようなものだ。たいがいは冷えたぱさぱさの飯と、いくらかの山菜の油炒めと、たまには毛の残った豚肉の脂身、とこれくらいだ。あと、かなり高くつく酸っぱい腸詰めをぶら下げているところもあるが。

つまり、すべてはラサに、ということになっているわけだった。

辺境のチベットは、中国人の九割以上を占める漢人にとって、最も人気のない赴任地の一つだとのことだ。ここに赴任を命じられた漢人たちは、とりわけ野菜に関しては涙ぐましい努力を傾けて栽培自給しないではいられないらしい。通りすがりの僕たちにしたって、何日か野菜が食べられなくちゃ体調がおかしくなってくるくらいなのだ。こういう苛酷な環境に長いチベット人には、エスキモー同様、野菜が少なくても済むような体の仕組が出来上がってもいるはずだ。

出発のためバスに乗りこむとき、赤裸の丘の上に、古い崩れかかった城壁みたいなものが見える。

「ギャンツェはイギリス軍とチベット軍が、何ヵ月もかけて激戦をやったとこなんだよね」

「へえ……イギリスが？　そりゃ知らなかった」

「ほら、あの丘の上……そのときの要塞があれ」

「よくもまあ、はるばるこんなとこまで遠征に来たもんだ……とんでもない連中だなぁ、イギリス人ってのは」

「ニッポンだって、ビルマだのマニプールだの、とんでもないとこまで戦争しに行ったじゃないですか。僕は去年ビルマの奥で、『大日本帝国政府発行』の古いビルマ紙幣を持ってこられて、ドキッとしたことがあってね。最初はいったいこりゃ何だろ、と思って……」

つくづくと厳しい、毛をむしられた鳥みたいな風景のなかを、バスは土煙を上げてひた走る。人間以外の動物といえば、ラサからシガツェまでの四〇〇キロのあいだに、痩せたヤクを数頭目にしただけだった。ヤクたちは、まばらに生える唯一の拠り所、干乾びた雑草のまわりを囲うように、守護するようにして、固まっていた。

夕暮れが濃くなってから、シガツェに滑りこむ。

宿の宿帳には、『族名』という記入欄があった。ここはかつてパンチェン・ラマの君臨した西チベットの要衝だし、タシルンポ寺を擁する聖地でもあるから、あちこちからいろんな部族がやって来るということだ。僕たちは彼らをひとからげに、チベット人と呼んでいるわけだが。

パスポートを見たにもかかわらず、漢人の服務員はMさんの顔を見て〈漢族〉と書きこむ。僕なんかより遥かに放浪への傾きがあるにもかかわらず頑固なナショナリストであるMさんは、エンピツを取り上げると、そこを〈大和族〉と訂正する。Sさんも賛意を表明する。こっちも面白がって、〈漂泊族〉と記入する。Kさんはどうでもいいという顔をして、ぼんやりと一服している。

相手は腑に落ちない顔をしていたものの、じき部屋を割り振ってくれた。狭くて底冷えのする、石の部屋だ。

二五　時の残りを

朝起きると、すぐさま外に出てみた。

チベット第二の都といっても、シガツェはごくごく小さい町だった。ラサの人口が二〇万足らず（しかもチベット人は今や、その半分）なのだから、推して知るべし。ニッポンでいえば、やっと村から昇進した町、といった様子だ。埃っぽい通りの端々には、人びとが小ぶりのじゃがいもだの、潅木の枝の焚き木だの、木耳に似た薬草だのを並べている。ただ、この町の巨大な中心は、西チベット随一の聖所、タシルンポ寺院にある。

通りを歩き始めてまもなく、満員のバスが停まっているのに出くわす。例によって、抜かりなくどこへ向かうのか尋ねてみると、これがニャラム（聶拉木）へ行くバスで、もうじき出発するところだという。乗るんなら僕たちを待っていてやるというので、宿に取って返し、荷物をまとめにかかる。シガツェでの一日二日の滞在を予想していたのに、なんだかとんとん拍子に（あるいはどんどん勝手にというか）コトが運んでいくといった感じが強まってきた。おかげで有名なタルシンポ寺院も見損なったものの、ま、寺はもういいか……

「この分だと、明日の晩はカトマンドゥで乾杯、ということになるね」とMさんが冗談を言う。が、ほんとに順調にいったとしたら、これはまるきり冗談というわけでもなくなるのだ。

何時間走ろうと、景色は変らない。川は乾きかけ、ありとあるものが土色をしている。さんざん土埃を吸いこんだ僕たちの肺も、おんなじ色になってることだろう。こんな風土の中に住む人の寿命の短さは、容易に想像がつく。

午後二時、また峠越え。ツォ・ラ四六〇〇メートル。さすが地理に詳しいSさんは、このへんが昔は海の底で、その証拠に貝の化石が沢山出る、という知識をヒレキする。彼の頭にはチベット近辺の地理事情がぎっしり詰まっていて、さながらウォーキング・マップという感じだ。が、想像力に乏しい僕たちは化石なんかに興味はないので、Sさん一人があえぎながら、化石を見つけようと地面を這いまわっていた。

峠を下りてしばらくすると、突然乗客の一人の爺さんが、何かを喚き始めた。騒ぎは運転席まで伝えられ、運転手は荒野のどまんなかでバスを停める。みんなしてぞろぞろ車を降りるので外に出てみると、見はるかす限りの一本道に、点々と黒いものが落ちている。爺さんの荷物が、積み方と縄のかけ方が悪かったために、屋根から落っこちたのだ。バウンドもひどいのでムリもないが。

誰もがこの機会に、荒野に向かって一斉に用を足す。長距離を行くバスはさまざまなトラブルでしばしば停まらなくちゃならないから、食事以外のときに、休憩のためにわざわざ時間を取るようなことはしないのだ。乗客もそれを心得ているから、こういう折りに素早く用を済ませ、運転手にわざわざ休憩を要求したりしない。

僕たちはよぼよぼの爺さんに代って、五、六人で荷物を拾いに行ってやる。走ると動悸がひどいので歩いていく。落ちていたのはぜんぶで五つ、米か麦か、穀類の詰まった麻袋。

今度のバスも、夜を徹して走り続ける気配だ。だいいちこんな荒れ野続きじゃ、泊まるところがないし。

闇が降りてもバスは走り続け、また登りにかかって苦しげなエンジンの音を耳にしながらうつらうつらしていると、冬になったかと思うくらい冷えこんできて目が覚める。実際あたりは、深い雪に変っていた。Ｔシャツ四枚にチョッキじゃものの役に立たない。ももひきだって、この吹きっさらしと変らないバスの中では、ほとんど効用がなかった。人々は黙りこくって外套にくるまり、死骸みたいに揺られているばかりだ。

そのうちに歯の根が合わなくなってきた。眠気と寒気が交互に襲ってきて、身動きできない。隣のＭさんは内モンゴルで手に入れたという毛のふさふさした防寒帽を目深に被って、いまいましくも安らかに眠りこけている。地図をポケットから引っぱりだしてみるとここは、ラサからカトマンドゥへの行程でいちばん高い地点、五二〇〇メートルの峠、カツォ・ラ。

内側から熱くなろうとして、今まで腹の立ったことを一つ一つ思い浮べてみたりする。けれどそれらを数え立ててみると、立腹の原因はほとんどすべて、没有《メイヨ》の鉄壁の前での挫折というところから来ている、ということがわかる。主義だの思想だのよりもまず、モノの絶対量の不足からくる、メイヨ。繁栄をきわめるニッポンの隣のこの国は貧しきユートピアを標榜するけれど、それはいつまで続くのだろう、と思ってみると、なんだか寒々とした気分になるのだった。やがてジリ貧に向かうだろう経済大国から何かを得ようとしたところで、もたらされるものは果たして、混乱の代価以上に大きいものなんだろうか、とため息が出てくる。そしてこっちは時の残りを費していき……体は熱くならない。

そのうちにバスは峠を下って平地にかかり、外には白いものが見えなくなった。今度のバスは、外見は相変らずだが、エンストがごく少なくて調子がよく、闇をひた走る。もっとも、カツォ・ラなんかで動かなくなった日には凍え死んでしまうから、調整も念入りにやってるんだろう。

地図だとじきに協格爾（シェカール）の集落を通るはずだ。

いきなり、ドン！という大きな音がして、何かが車体にぶつかった。車内の半分ほどの人間がびっくりして仮眠から目を覚ます。道の端にチベット人が数人立っていて、こっちに石を投げつけているらしいのが一瞬見えた。顔は見えないが、女らしい。慌てて首を縮め、窓の下にかがむ。ちらっと運転手のほうを見ると、彼は脇目もふらずバスを走らせつづける。よくあることなんだろう。ドン、ドン！と後部に石が当った。車体のあちこちが凹んでいるのは、こういうわけだったのだ。漢族のバスに腹を立てて投石する人々がいる……ガラスが割られなくて幸いだった……。

まだ真っ暗な定日（ティンリ）草原を渡ってバスは進み、午前四時、とうとうニャラムに至る。バスからよろめき降りると、またまた深い雪で、雪は暗い空からもしんしんと降りしきっている。乗客はみんな、それぞれの荷を屋根から下ろして、近くの、あんまり宿らしく見えない建物に向かって歩きだす。あの、と運転手に言いかけると、彼はおぅ、そうだ、宿はあっちだぜ、というふうに丘の上のほうに向かって手を振った。他の人々は、ここが仕事の地なのだろう。

雪のなかを行き着いた宿は、寝静まっていた。木の戸に内側から南京錠がかかっている。戸を叩いて、耳を澄ます。と、しばらくしてくぐもった声とともに、戸が開いた。今しがた子供をなくしたばかり、というみたいな顔をしたおじさんが出てきてローソクを灯し、黙って部屋に案内してくれる。停電していたのだ。何だか昔話の世界にいるようだ。

渡されたローソクを頼りに中に入ると、牢獄みたいな石の部屋に鉄の寝台が四つ、隙間なく並んでいるのがぼんやり浮び上がった。湿った布団一枚じゃ歯の根が合わないのはおさまらないが、横になるなり瞼が閉じる。

一時間もしないうちに目が覚め、ローソクはとっくに燃えつきているので、便所を探すべく手探りで外に出ようとすると、穴ぼこに足を突っこんで転ぶ。あたたた。なんて宿だ。穴ぐらい埋めとけよな。

外に這いだすと、ものすごい空だった。雪雲はすっかり風に駆逐されて、ぎらぎらの天の円卓から、星がぽろぽろこぼれだしている。一〇〇万元の夜景だ。香港の夜景だって、この燦然たる一〇〇億年の自然の豪奢には及ばないだろう。見る間に流れ星がつい、ついと走る。

冷えこむので星空の観覧は三〇秒にとどめて、宿のまわりを二周すると、それらしい小屋が見つかる。けれどこういう暗がりで便所に入ると壺に足を突っこむか、さもなければあまり楽しくないものを踏んづける危険があるので、足をひきずって裏にまわり、谷底に向けてコトを行う。排出物は小さい音を立てて谷に吸いこまれていった。

目が慣れると、星明りであたりが見えるようになった。冷えびえする狭い石の廊下をはさんで一列に並んだ、牢屋みたいな部屋に戻る。入口近くの石の床が大きく抉られていて、さっきはこれに足を取られたのだとわかる。

たぶんチベット最後の宿になるだろうこの宿も、行きがかりの人間の肌あいを受けつけない、苛酷な風土を象徴しているようなのだった。

二六　最後の降下

午前七時、自然に目が覚める。ろくに寝ていないし栄養も取れないで体力をすり減らしているにもかかわらず、一同起きてしまう。国境は目前だった。

ここまで来たら、何とか今日じゅうに国境までたどり着きたい、という気分に満ちみちて、誰もが浮き足立っていたのだ。僕がアンに説いた、過程こそ旅なのだ、といった信条もどこかに吹っ飛ぶ。

寒い朝だった。ゆうべ挫いてずきずきする足を引きずって外に出、樋を伝って流れてくる氷水でもって顔を洗う。そばに『解放』トラックが二台停まっていて、漢族の運転手が一服していたので、ひょっとしたら、と国境のほうへ行かないかどうか、筆話で尋ねてみる。朝飯を食ったら国境近くの橋の補修工事に出かける、とのことだった。アルバイトで国境まで乗せていってくれないだろうか、と切りだすと、すぐに話はまとまった。一人三元。なんてスムースさだ。ひた走りの行程だ。もしアンがいたなら、互いに〝状況〟の態度の急変ぶりを、感嘆しあっていたことだろう。

八時出発、トラックはどんどん山道を下る。頭に雪を頂いた赤茶けた不毛の山々は、不意に緑濃く変ってきた。気温が上ってくるのが肌でわかる。荷台で風に吹かれていても、ぜんぜん寒くない。風は遅い春の暖かさだった。足の痛みも忘れてしまう。Sさんが興奮気味に、見え隠れするヒマラヤの峰々を指さして説明する。あっちのがドルジェ・カクパ、あれがホワイトピーク、そのずっと向こうは、たぶんチョモランマ……。

じきにトラックは、工事現場に着く。ばらばらと人が集まってくる。運転手が、これからちょっと国境までこの連中を連れて行かぁ、などと説明する（ようだ）。僕たちは上機嫌で、荷台の上から工夫たちに一本ずつタバコをふるまう。みんなにやにやしている。何か叫びかける声もする。落っこちるなよ、と言ってるのかもしれない。

トラックはブレーキの効きがよくないのも構わず、曲りくねった道をぶっ飛ばす。深い緑の谷をぐんぐん降りていく。陽の光がふんだんに降り注ぐ。蒸れるみたいな緑の匂い、恵みの匂い。バナナの樹さえ混じり始めた。人びとの賑やかな集まりが見えてきた。地面に濃い影が落ちている。頭にはネパール独特の帽子が。中国人民帽よりうんと多い。果物の原色、雑貨のきらめき、国境のバザールだ。バザールの下、谷あいには白い建物、その上に赤い旗が翻る。中国側出入国管理所。

緑豊かな谷の向こうは、もうネパールだった。

了

――そして三十年が過ぎ、僕は中米を徘徊している……。

テキーラ・ムーンライズ

煤けた闇の落ちかかる街角、老いたインディオの夫婦が肩寄せ合い、外灯の薄あかりを頼りに玉蜀黍《とうもろこし》を焼いている。散らかった玉蜀黍の皮の中になかば埋もれて、いくぶんか骨董の民芸品めいて、婆さんのほうが火鉢の上に並べた不揃いなやつを転がしころがし、岩塩をまぶすかたわら、その連れあいのほうは目を細めて巻煙草をふかしている。市《いち》の立つ日には色とりどりの満艦飾めいた衣装が吊し並べられるチチカステナンゴあたりから、方向感覚をなくすほどにうねる山道を、荷を満載したバスではるばる降りてきてるんだろう。そういえば、一昨日僕がぎゅう詰めにされて出かけたその西の高地行きのバスの隣席には、木刀のように痩せた老人が乗っていた。揺られるうちに腰に何か固いものが当たるのを感じたと思うと、それは白く粉を吹いた鞘に収まった脇差だった。帯刀なしに遠出などするものかは——廃れつつある身だしなみの慣習を細々と守っているらしい隣人は、手垢で曇った窓に頭をもたせかけてうつらうつらしていたっけ……。

インディオ夫婦の向こうには石畳の坂が、のろのろと濃さを増す闇に溶け込んでゆく。いびつな石の坂を八方に連ねてできあがっている、侘しさの持ち重りのするような町だ。昼間は時代遅れの車の群れの排気ガスが、石づくめの町の通りに、電線に、アーチの篆刻に隈なく煤をまぶしつけていく。宵闇が迫るにつれてこの町のくすみは闇に紛れていくが、今度は灯りのまばらさが心もとなく、せつなくなってくる。そういえば、飛行機の中で隣り合ったメキシコ人に、ここグァテマラ・シティについて警告されたものだ。あの町は治安の悪さで有名なんだ。特に夜出歩くのはまずい。追い剥ぎの餌食になるぞ、と。

石壁に背をもたせかけて焦げた玉蜀黍をかじっていると、不意に懐かしい思いにとらわれる。日なたくさい、ひりつくような感覚が満ちてくる。もう一〇年も昔のことだ。ネパールの都カトマンドゥの安宿に泥棒に入られて一文無しになり、金の工面がつくまで、ダルバール広場の片隅の焼き玉蜀黍で空腹を満たす日々が続いた。腕時計を売りジャケットを売り、パスポート再発給まで、時間だけは溢れる湯水のようにあって、日がな一日あのひなびた町の路地を経めぐり、宙吊りの日々をやり過ごしていた。路地の奥に祀られ荘厳されたヒンドゥの神々、その口元に捧げられた米粒を雀がついばむのを見かけては、伏椀型の仏塔に描かれた黄金の縁取りの目玉に射すくめられては、いちいちこの古都の秘密を垣間見たような気がしたものだ。どんなちっぽけな茶店も、そこで木の柄杓を手に牛乳を沸かしていた色浅黒い娘たちのことも、みんな頭に焼きついている。

そうなるとまた、遡れば三〇年ほども前、チベット横断ヒッチハイク道中のことも甦る。連れのアナマリアは、ずいぶんいいおばちゃんになっていることだろう。こっちだってそろそろ初老だ。後にも先にもあれくらいきつい、そして奇妙な旅はなかったが、そうしたものの通例で、今となっては旅程の全てがいかにも眩しいものに見えるのだった。

……そしてもはや、心躍らせるようなことは起りはしないだろう。長々と切れぎれに続く旅の果ての、すれっからし。両手のあいだからは、すりきれた年月がさらさらと砂粒みたいにこぼれ落ち、闇に吸い込まれていくようだった。

気がつくと、婆さんがこちらのズボンの裾をはたき、腰かけるようにと小さいダンボール箱を勧めてくれていた。グラシァス、と両指に満たないスペイン語の語彙から礼の言葉を述べて腰かけると、顔のあたりを炭の柔らかな煙が撫でていく。

道をはさんで煌々と裸電球をともし、湯気を上げている煮豆料理の屋台。トルティーヤが香ばしく焼かれては手早く客に渡されていく。が、その上にのしかかるような夜闇が座礁した鯨さながら、今にも灯りを呑み込みそうな気配だ。

メモで汚れていくはずだったスペイン語ハンドブックを空港に置き忘れて以来、勘と身振りだけを頼りに東へ東へと進んできた旅だった。日を追うごとに沈殿していくしんどさの澱が、自分の歳を思い知らせる。あからさまに賄賂を要求する――そういう話だけは間違いなくぴんと来る――国境警備官を無言でかわし、小舟でメキシコ国境を越えマヤの遺跡を抜けてグァテマラ・シティにたどり着いたときには、いつから着ているんだかわからないTシャツのような気分になっていた……。

……頭上から出し抜けに降り注いできたがなり声に目を上げると、男が一人、立ちはだかっていた。袖のすれた背広を着込んだ、猫背で痩せぎすの、それもあまり健康的ではない痩せ方の爺さん。こけた頬には剛い無精髭が残り、前をはだけた開襟シャツの衿には、夜目にもくっきりと垢染み。しみだらけの、鶏のような喉が覗いている。鎖骨のでっぱりが光っている。そして、頭にはこれも手入れのよくない、形の崩れかかったソンブレロが。

別に文句を垂れているわけでもなさそうだが、塩辛声の一方的な詰問口調が耳障りだ。たいして酔っているようには見えないものの、酒が入るとしつこいたちの酔っ払いと知れる。

(まいったな)僕はひとりごちる。(さっさと向こうへ行ってくれよ)

爺さんはしげしげとこちらを眺めやり、納得のいくまではてこでも動かないと決めたようだ。こんなところでしけた顔で玉蜀黍なんかかじって暇をつぶしている東洋人に、何かちょっかいを出してみたくなったのだ。この東洋人め、わしの庭先で何をしてる……。

本格的にがなり立て始めた爺さんの、濃い口髭に隠れた唇から唾が洩れ飛んでくる。こちらは苦笑しながら、かじりかけの玉蜀黍で通りの向こうを指す。

(酔いすぎなら、屋台で水を飲ましてもらいなよ、爺さん)

相手は仁王立ちのまま、こっちを値踏みでもするみたいに睨めつけながら動かない。

(こっちのささやかな夕べを台なしにしないでさ)

何を言っているのか見当もつかない演説を僕に向かってひとしきりぶったところで、気が済んだふうの爺さんは昂然と去っていった。その後ろ姿は、病気になって群れからはぐれた老コヨーテを思い起させた。

一本裏手の通りのほうから、低く雷鳴が響いてくる。雨模様でもないのに雷鳴か。

ぶらぶらと曲がり角まで歩いてみて、正体が知れた。荷を山積みにした台車があとからあとから、石畳を下っていくのだ。めいめいに下働きの子供らが、互いに甲高い声で呼び交しながら乗っている。仕事は仕事でも、いかにもわくわくさせる時間なのに違いない。緩やかな坂のどん詰まり、倉庫か工場か、巨大な廃墟じみた黒い影に向かって、このローラースケートの群れは次々に吸い込まれていく。車通りのほとんど絶えた時間帯に、こうして傾斜を使って運搬仕事をしているわけだった。

スペイン語以外は徹底して通じないこの土地で、酒場に入る気はしなかった。どこか手近な店でビールでも手に入れて帰るとしよう。殺風景な安宿に戻ったところで、寝つかれない象が反転してでもいたように窪んだベッドがあるだけで、おまけにその鉄の脚は悪夢にうなされそうなくらい軋み立てるのだ。

と、通りで一軒だけ、酒を置いていそうな店が灯りをともしていた。

開け放した戸口の中は、立ち飲み屋に似たたたずまい。男が三人、傍らに一つだけ置かれたテーブルでこぢんまりと飲んでいた。ふと目をやれば、その内の一人はさっきの爺さんだ。どうやら酔いざましに表へふらつき出てあたりをひとめぐりし、また飲み直しに戻った、ということだったのらしい。目ざとくこっちに目を留め、またまた何事かがなり出すのを、脇の青年がなだめ制する様子だ。やれやれ、ちょっとした腐れ縁。

一杯機嫌のその青年が、何が欲しいんだい、アミーゴ、と声をかけてきた。それなりに使い慣れたふうの英語、けれども猛烈なスパニッシュ訛りの覗く、アメリカン・イングリッシュだ。この地へやってきて、英語を耳にするのはほとんど初めてだった。

缶ビールを、と僕は答えた。

「セルベッサ」という、ビールを意味する語だけは真っ先に覚えた。メキシコでは並みいるドイツビールを押しのけて品評会グランプリに輝いた、恐ろしく奥行のあるビール、「ボヘミア」がときおり手に入って悦に入ったものだ。あの小ぶりのダークグリーンのボトルはオアシスのようだったが、それもここグァテマラではまるで見かけない。

青年が銘柄を訊ねるので、冷えてさえいれば何でもいい、とこちらは答え、〈ガヨ〉しかないだろうけどね、と付け加える。氷点近くに冷えていて初めて大雑把な味がごまかせる、ニワトリ印の銘柄しかこの国には出回っていない。

青年はおかみさんを呼んで注文してくれる。

座って一緒に飲んでいかないか、アミーゴ、と青年が禿げちょろけのストールを指した。

じつはあんたの横の爺さんに、さっき向こうで何やかや言われたよ。ちんぷんかんぷんだっけどね。

ああ、それなら悪気はないんだ、と青年はすぐさまとりなした。見かけない顔を見つけると、正体を確かめたくて堪らなくなるみたいでね。彼に代って失礼を許して下さい。

その脇のもう一人の青年も、よろしく、というふうに軽くグラスをもたげて見せる。

缶ビール片手にいっときためらい、それから勧めに応じた。久しぶりにお喋りのできる誘惑には抗えなかった。商売道具である英語を話せるというので、これほどほっとしたこともない。

青年はベンと名乗り、誰につけられたものか、アメリカでの通称だった。訊ねると本名を教えてくれたものの、こちらには耳慣れない、覚えづらい名前だ。ミゲランヘル、と言ったろうか。

もう一人の青年は従弟で、例の爺さんは父親の知人、と紹介された。

彼のことはぜんぜん気にしないでくれ、と青年は、爺さんに気取られないよう眉を上げ、口をへの字に曲げてみせた。一緒に飲んでいるのは何かの行きがかり上で、どちらかというと鬱陶しがっているのかもしれないと勘づく。さっきの路上とは打って変って爺さんの饒舌は失せ、別人さながらにむっつりと口を噤んだまま、グラスを握っている。あとで事情が知れるのだが、飲み代にも事欠くらしい懐事情の爺さんには、この場では何の権限もないのだった。青年の招

き入れた僕のほうを、今度は見ないようにしているのがわかる。

いくぶんの警戒感がビールで次第次第に霧散していくと、気分も上向いてくる。僕と青年ベンとは、あっちこっちへとふらつく四方山話を楽しんだ。爺さんとベンの従弟は、湿っぽい調子でときおり思い出したようにぼそぼそと喋りながら飲んでいる。

出稼ぎ先のフロリダはメキシコ人とグァテマラ人にほとんど占拠されててね、とベンは語った。看板はスペイン語だらけなんだ……こないだはメキシコ湾に迷い込んだ鯨が、海岸に乗り上げてたな……二〇頭ばかり、壮観だったよ……。

へえ。

どうしてかわかるかい？　〝遊泳禁止〟の文字が読めなかったのさ、スペイン語の。カナダかどっかの鯨だったらしいな……。

テキーラで飲みなおすことにした。かすかに枯れ草の匂いのする、火を噴くような酒だ。じき、戸口から別の男たちがこちらの様子を窺っているのに気がつく。宴会の場の盛り上げ役、マリアッチ楽団だった。その三人組を、青年は上機嫌で招き入れた。観光地のレストラン専属の、白鷺めいた衣装に身を包んだ、満面に笑みを絶やさないマリアッチではない。めいめいくたびれた背広を着込んではいるものの、タイはなし。二人は背の低い双子で、どちらも口髭だけはこんもりと見事だ。僕の背後に位置した撫で肩の大男は片目が潰れていて、コントラ

バスの弦はただのゴム紐だった。

　僕の頭の中ではマリアッチのイメージが独り歩きしていた。一人浮かない顔でビールをあおっていると、すかさず後ろに回り込んできて陽気な演奏を始めてしまう。待て待て、と止めても「まあいいじゃないかアミーゴ！」と背中を叩かれ演奏は勝手にどんどん盛り上がっていく……。

　さあ、歌を聴いてくれ、異国のアミーゴよ、とベンが立ち上がった。

　演奏はしょぼくれていたが、歌い始めたベンは、大仰なビブラートの効かせ方が暑苦しいものの、張りのあるいい声をしている。この蒸し暑い夜更けの、強烈な酒に拮抗できる声だ。

　本格的に酔いが回ってきたらしい爺さんの目が心なしか虚ろになり、テーブルの上をさまよいだしているように見える。

　ベンが三曲ばかり披露したところで、爺さんの肩を叩いた。爺さんは何事かぶつぶつと返して渋るふうだが、ベンは取り合わずに、まあ歌いなよ、という様子だ。われわれの新しい友人のために、とかなんとか。

　よろよろと徘徊するばかりのこんな爺さんに、歌なんか無理強いしてどうなる、と僕は軽く溜息をついた。

　僕はその隣のベンの従弟に目を向けた。と、彼はひどくはにかんだ様子で、照れ笑いをしな

がら首を振る。

ああ、彼なら歌わないよ、とベン。シャイってあだ名だからね……ああ、本名はラロ。そしてこの爺さんはホセだ。

あらためてそのベンに促されて、ホセ爺さんはのろのろと腰を上げた。

おいおい、頼むからよろけて転ばないでくれよ、爺さん……。

ところが。

その爺さんの第一声が脳天を直撃した。そして、旋律が頂上から雪崩を打つように一気に下った瞬間、全身が総毛立った。僕の故郷の楽器、津軽三味線では弾き始め、野太い音の一撃でもって聞き手を金縛りにしてしまうことがあるが、それに似ていた。

腰を据えて歌い出したホセ爺さんの、緩急自在の力に満ちた歌はなまなかのものではなかった。僕は呆然と口を開けていたに違いない。ほどなく、不覚にも涙がこみ上げてくる。落した煙草を拾い上げるふりをして拭う。

いったいこのみすぼらしい爺さんは何者なのか。どんな素性なのか。何十年にもわたって歌い込んできたのだろう喉の底力が、酒焼けを超えて甦ったのだ、という直感が僕を鷲づかみにした。紛れもなく、第一級の歌い手だ。

凄いよ、ホセ爺さん。掛け値なしにたいしたもんだよ……僕がプロデューサーなら、レコーディングを買って出てたろうに……。

スペイン語の「すばらしい」さえ手持ちの語彙にはない。腰を浮かせて手を伸ばし、爺さんの喉に触れた。そして、賞賛のしるしに親指を突き立ててみせた。

爺さんは現実に引き戻されたとでもいうように、いっとき戸惑いの色を見せ、それから腰をかがめて、感謝のしるしとばかりにこちらを抱き寄せた。はがねのように芯のある力だ。

ところがベンにとってみれば、僕の手放しの賛嘆があまりおもしろくないようなのだ。彼の荒っぽい歌い方もむろん悪くないどころか、なかなか巧みとさえ言えるほどだ。……が、残念ながらホセ爺さんの歌の比ではない。こちらの拍手がいかにもおざなりと勘づいたベンは、爺さんへの対抗心をむき出し、こめかみに血管の筋が浮くほど力任せに歌い始めた。いったん腰を下ろした爺さんはおとなしく手を組み合せ、とりとめのない回想に耽ってでもいるみたいに、吸殻の散乱するテーブルに目を落としている。

そのホセ爺さんをまじまじと見つめていると、不意に、おずおずと小学生が差し出すようにして指をこちらに見せた。すべての指には、深々と地溝帯のように刻まれた、弦の跡が。

これは。

今日は飲みすぎで、どうも調子が良くないな、とベンは汗を拭いぬぐい言い訳し、それから爺さんの指を眺めている僕に、どうでもいいことのように告げた。

この男は一昨年まで、現役のマリアッチだったんだ。ギター弾きだが、歌の方がうまくてね。

そうだったのか。もっと歌ってくれよ、爺さん。あんたの歌がもっと聴きたい。

僕はホセ爺さんの肩を抱き、本気で催促した。爺さんは再び立ち上がり、スリリングな歌が始まった。爺さんの酔眼はこちらを見ているのかと思えたが、まるで別のどこかを見やっていることに気づく。確かに酔っ払いは酔っ払いだ、が、ただの酔いどれじゃない……。

まるで、この頬のこけた爺さんではない何者かが、爺さんの全身を楽器にして歌わせているようでもあった。渾身の歌についていこうと、バックのマリアッチの演奏は一足飛びに熱を帯びた。テキーラの灼熱。双子のギター弾きたちは火花を散らすように弦をかき鳴らし、僕の背中ではゴム紐ベースが唸りを上げている。マリアッチたちの額にもみるみる汗がにじんできた。

ベンが出し抜けに、爺さんの歌の続きを横から曳きさらうようにして歌い出す。

朗々と力張るホセ爺さんの歌と、喉も張り裂けよと頑張るだけのベンの歌が激しく交錯する。たぶんベンは自分の歌が、爺さんのそれにとうてい太刀打ちできないことを知った。今まで比べてみたこともなかったろうに、今気づかされたのだ。気づかされてはみても、血気盛んなこの青年は、やはり張り合ってみずにはおれない……。

こちらの頭も破裂寸前に昂ぶり、じきみんなしてすっかりネジが外れてしまう……。

爺さん、ああ、テキーラがあんたの喉をうるおし、復活させたのだ。まったく何て声だ……。

著者プロフィール

渦汰表（カタリスト）

青森市出身、在住。辺境を中心に海外放浪を続けながら、雑誌や地元紙に作品を発表。近年は予備校で現代文・英文・小論文などを担当し、県内各大学でも出張講義を展開してきたが、2019年末にがん治療専念のためにすべて打ち切るに至る。
『マチャプチャレへ』で第17回日本旅行記賞、『ぞうのかんづめ』で第5回日産童話グランプリ、『アルマジロ手帳』で第7回アンデルセンメルヘン大賞優秀賞、『チベッタン・ジグ』で第4回朝日ジャーナルノンフィクション大賞入選、青森県芸術文化奨励賞などを受賞。
著書に『マチャプチャレへ』（文芸社ビジュアルアート刊）。

チベッタン・ジグ　―足まかせで擦れ合う異文化―

2020年5月20日　第1刷発行

著　者　渦汰表
発行人　大杉　剛
発行所　株式会社 風詠社
〒553-0001　大阪市福島区海老江 5-2-2
大拓ビル 5 - 7 階
TEL 06（6136）8657　https://fueisha.com/
発売元　株式会社 星雲社
（共同出版社・流通責任出版社）
〒112-0005　東京都文京区水道 1-3-30
TEL 03（3868）3275
装幀　2DAY
印刷・製本　シナノ印刷株式会社

ISBN978-4-434-27490-9 C0026